KB078206

컨트롤러
Controller
FUSION FANTASTIC STORY
건(建) 장편 소설

컨트롤러 6

건(健) 장편 소설

초판 1쇄 찍은 날 § 2014년 10월 6일
초판 1쇄 펴낸 날 § 2014년 10월 13일

지은이 § 건(健)
펴낸이 § 서경석

편집부장 § 권태완
편집책임 § 한준만
디자인 § 이거일

펴낸곳 § 도서출판 청어람
등록번호 § 제387-1999-000006호
등록일자 § 1999. 5. 31
어람번호 § 제1-1952호

주소 § 경기도 부천시 원미구 부일로 483번길 40 서경B/D 3F (우) 420-822
전화 § 032-656-4452 팩스 § 032-656-4453
http://www.chungeoram.com
E-mail § chungeorambook@daum.net

ISBN 979-11-316-9229-5 04810
ISBN 978-89-251-3726-1 (세트)

FUSION FANTASTIC STORY

건(建) 장편 소설

컨트롤러
Controller

6

청어람

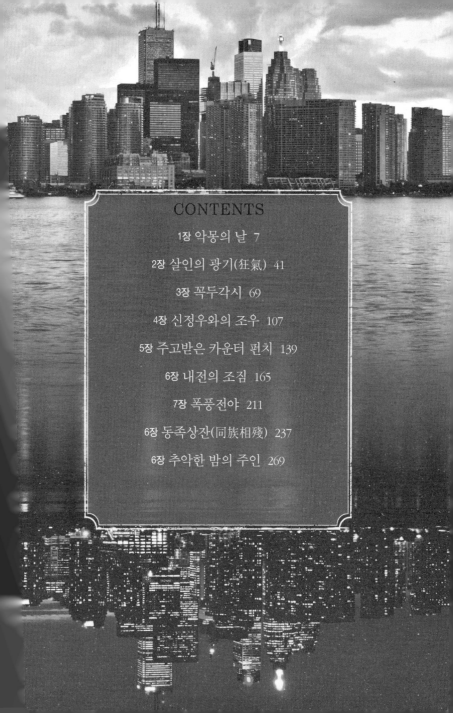

CONTENTS

1장
악몽의 날

"재밌겠어."

김도원이 미소를 지었다.

신촌.

H 백화점을 시작으로 연세대 방향으로 쭉 늘어선 번화가.

김도원은 자신의 패거리와 뱀파이어를 데리고 신촌 번화가의 한복판에 서 있었다.

뱀파이어는 대부분이 신출내기들이었다.

저마다 흡혈 욕구를 통제하기 어려워하고 피를 갈구하지만, 도덕적인 양심 등에 사로잡혀 일반인을 흡혈하지도 못하는 그런 자들이었다.

블랙 네트워크에서 자신들의 뒤를 봐주겠다고 했다.

은신처도 제공할 것이고, 뒷수습도 해주겠다고 했다.

보조해 줄 실력 있는 사람들도 보내준다고 했다.

그것이 바로 김도원과 그의 조직원들이었다.

실상은 반대였다.

뱀파이어들은 총알받이인 것이다.

애초에 김도원은 뱀파이어들을 지켜주거나, 도와줄 생각
자체가 없었다.

강렬한 흡혈에 대한 욕구만 가지고 있고, 신체적인 부분에
서 쓸모가 전혀 없는 뱀파이어들은 메리트가 없었다.

하지만 신정우의 말대로 놈들의 비위는 맞춰주기로 했다.

목이 잘려 나가기 전까지는 자기들이 대접을 받고 있다고
생각해야 허튼짓을 하지 않을 테니까.

저녁부터 비가 추적추적 내리고 있던 탓인지 생각보다 사
람이 많지는 않았다.

오히려 적당한 빗줄기 덕분에 시야는 좁았다.

길거리는 우산을 제대로 챙겨오지 않아 뛰어다니는 남녀
들로 분주했고, 사람들은 길거리에서 조용히 담배를 피우고
있는 김도원 일행을 이상하게 생각하지 않았다.

복장도 평범했다.

김도원은 흰색의 긴 티셔츠에 편한 청바지 차림이었고, 나머지 동료들도 비슷했다.

뱀파이어들만이 약속이라도 한 것처럼 세미 정장 차림이었다. 마치 무슨 만화 속의 주인공이라도 된 듯이 착각하고 있는 모습이었다.

"형님, 몇 시입니까?"

"오 분 전."

옆에 있던 동생의 물음에 김도원이 시계를 쓱 보고는 답했다.

손이 근질거렸지만 신정우의 명령도 있고 하니 좀 더 참기로 했다.

"으음."

눈앞에서 한 여인이 지나갔다.

짧은 청치마.

속옷이 훤히 비치는 흰 면티를 걸쳐 입은 여인.

누가 봐도 관능적이고 섹시하며, 눈길을 돌리게 할 만한 여인이었지만 어느 누구도 시선을 주지 않았다.

뱀파이어들은 누구의 피가 맛있을지를 상상하고 있었고, 김도원은 곧 있을 손맛에 대한 쾌감을 상상하고 있었다.

성욕?

없었다.

성욕보다 더한 쾌락을 살인에서 얻는 김도원이었다.

인간의 얇은 피부를 베어내고, 그 안에서 솟구쳐 나오는 붉은 피의 향연을 볼 때.

마치 남자가 절정에 이르러 사정을 하듯 희열(喜悅)을 느꼈다.

김도원에게는 살인이 곧 섹스나 다름없었다.

그것도 사람을 죽일 때마다 반복해서 쾌감을 얻으니 더더욱 짜릿했다.

남자들은 여성의 오르가즘을 이해할 수 없다지만, 김도원은 아니었다.

자신이 연속된 살인에서 느끼는 쾌감이 멀티 오르가즘과 똑같다고 생각했던 것이다.

드르르륵—

그때, 김도원의 핸드폰이 울렸다.

송신자를 보니 신상현의 이름이 찍혀 있었다.

신상현은 김도원보다 한 살 위였다.

"예, 형님."

—준비는?

"준비랄 것도 없습니다. 하던 대로 하면 되니까요, 클클."

—우리는 준비 됐다.

"마음 놓고 놀면 됩니까?"

—대한민국 경찰이 얼마나 빠르게 움직일지 지켜보자고.

"오늘은 제가 메인이 되어보겠습니다, 형님! 서운해하지 마시고. 으크크크크!"

—정우 형님이 마련해 주신 무대다. 신나게 놀아보자.

"여부가 있을까요. 그럼."

—다시 연락하지.

뚝.

짧고도 굵은 통화가 끝났다.

신상현과 김도원은 각자의 위치에 자리하고 있었다.

김도원은 번화가 한복판, 수많은 사람들을 공포에 몰아넣을 수 있는 자리에 있었고.

신상현은 그 자리에서 긴급 사태가 발생했을 시, 가장 먼저 출동할 것이 뻔한 인근 지구대에 자리 잡고 있었다.

신상현의 타깃은 경찰이었다.

민중의 지팡이, 경찰.

하지만 이제 곧 동네북이 되어 희생양이 될 경찰이었다.

*   *   *

"하아… 좋지 않은 흐름이군요."

박 신부가 한숨을 내쉬었다.

현성과 박 신부는 강남역에 나와 있었다.

블랙 네트워크의 글을 본 것은 일반 사람뿐만이 아니었기 때문이다.

문제는 장소가 공지되지 않았다는 점이었다.

당연한 일이었다.

이미 적대 세력 '백야'의 정체를 알고 있는 신정우다.

유리한 위치에 설 수 있는 패를 보여줄 리 없었던 것이다.

상황은 무조건 벌어진다.

현성이 만들어내려고 하는 최선의 해결책은 예상 후보지에서 미리 대기하고 있다가, 상황이 발생하면 빠르게 개입하는 것이었다.

그러면 피해를 최소화할 수 있다.

그리고 그 현장에서 마주친 놈들을 잡아들이거나, 필요하다면 죽인다.

현성은 후자에 비중을 많이 두고 있었다.

악행을 저지른 놈을 살려두는 일은… 필요에 의해 정보를 수집해야 할 때가 아니면 없을 터.

박 신부의 도움으로 또다시 15년 이상을 훌쩍 늙어 보이는 덥수룩한 수염 분장을 한 현성의 모습은 평범한 회사원 같아 보였다.

수많은 인파 사이에서 현성과 박 신부는 유심히 주변을 살폈다.

자정까지 남은 시간은 1분.

상황이 벌어진다면 얼마 남지 않은 시간이었다.

현성은 반드시 정해진 시간에 일이 벌어질 것이라 확신하고 있었다.

자신들의 이름을 다시 한 번 각인시킬 수 있는 기회를 신정우가 놓칠 리 없었다.

그렇다면 차려놓은 밥상을 차서 엎어버리는 것이 지금의 최선책이었다.

"강남을 선택했을까요?"

박 신부의 표정은 어딘가 불안해 보였다.

지금 눈앞에 있는 사람들이 당장에 수십 초 후에 도륙이 나 죽을 수도 있는 현장이었다.

거리에 검은 옷을 차려 입은 사람은 거의 없었다.

형형색색의 옷들.

이대로 놈들이 나타나면 대다수의 사람들이 타깃이 된다.

"그나마 여기가 가장 핫 플레이스니까."

현성이 고개를 갸웃거렸다.

나머지 일곱 동료, 칠 남매는 몇몇 후보지에 이동해 있었다.

각각 영등포, 대학로, 광화문, 서울역, 홍대, 사당역, 청계천 쪽에 자리를 잡았다.

불특정 다수의 사람이 밤 시간에도 충분히 몰려 있을 가능성이 큰 곳이었기 때문이다.

남은 시간은 30초.

시간은 무심히 흐르고 있었다.

사람들은 곧 자정이 된다는 사실을 개의치 않고 있는 듯했다. 아니, 어쩌면 블랙 네트워크의 공지글조차 본 적도 들은 적도 없을 것이다.

"후우."

현성은 만약을 대비해 마나의 흐름을 더욱 촉진시켰다.

스탠바이 상태.

상황이 벌어지면 1초의 망설임도 없이, 바로 현장에 뛰어들 생각이었다.

남은 시간 10초.

1초의 시간이 1년처럼 느리게 지나갔다.

사람들은 무심히 길을 걷고 있다.

이들 중에… 그 놈들이 있을 수도 있다.

꿀꺽—

목 깊숙하게 넘어가는 침.

5초. 4초. 3초. 2초. 1초.

그리고… 시간의 모든 숫자는 0으로 바뀌었다.

"……."

변화는 없었다.

23시 59분 59초의 강남 길거리와 00시 00분 00초의 길거리
는 똑같았다.

설마 그냥 장난으로 올린 글이었을까?

현성은 단언컨대 아니라 확신할 수 있었다.

만약 현성 일행이나 칠 남매가 맡았던 지역에서 상황이 발
생하면, 지체 없이 연락하기로 했었다.

하지만 어느 누구에게서도 연락은 없었다.

그렇다면 그 외의 장소에서 일이 벌어진 것이다.

도대체 어디일까?

현성은 아직까진 감을 잡을 수 없었다.

                    *   *   *

"월요일입니다."

"시작해 볼까?"

월요일로 바뀌는 순간.

김도원이 미리 준비해 온 검은색 복면으로 눈 밑을 가렸다.

길거리는 온통 색색깔의 옷으로 가득했다.

기가 찼다.

역시 인간들이란 자신이 비극의 주인공이 되기 전까지는 자기에게는 그 어떤 불행스러운 일도 생기지 않을 것이라 믿는다. 아니, 그렇게 믿고 싶어 하는 것일지도.

혹시나 하는 마음에라도 검은 옷을 챙겨 입었다면 신정우가 내린 규칙대로 손을 대지 않았을 것이다.

하지만 이래서야 전부 죽일 연놈밖에 없었다.

"뭣들 하고 있어! 화끈하게 시작해 보자고!"

"와아아아아!"

"캬아아아아!"

김도원의 외침에 신촌 한복판에서 시간을 기다리고 있던 뱀파이어들과 김도원의 무리가 움직이기 시작했다.

그 수가 100명에 달했다.

"캬아아아악!"

"뭐, 뭐야아아앗!"

"사, 살려주세요!"

길거리에서 평범하게 담배를 태우거나 앉아 있던 사람들은 갑자기 거리로 뛰쳐나오며 흉기를 휘두르자 혼비백산하여 사방으로 도망치기 시작했다.

시작해 보자는 김도원의 말에 이성을 잃은 뱀파이어들은 벌써부터 눈앞에 보이는 일반인들의 피를 닥치는 대로 게걸스럽게 빨아들이고 있었다.

뒤치다꺼리는 신정우가 다 해주겠다고 했으니 거리낄 것도 없었다.

이미 일반인으로 돌아갈 수 없는 삶.

이렇게 된 것 완벽하게 법의 테두리 밖으로 벗어나, 본능에 충실하겠다는 것이 이 자리에 온 뱀파이어 모두의 공통된 생각이었다.

"이 거리는 내가 정리하도록 하지, 클클클."

저벅저벅—

양손에 단도(短刀)를 쥔 김도원이 북쪽으로 뻗은 사거리의 한쪽을 가리키며 말했다.

사람들이 가장 많이 도망치고 있는 방향.

연세대 방향이었다.

"꺄아아악!"

그때.

도망치려다 거리에 넘어져 있는 여인의 모습이 김도원의 눈에 들어왔다.

"제발, 제발 살려주세요! 저를 기다리고 있는 동생이 있어요! 제발 부탁드려요!"

그녀는 당장에 눈물을 쏟을 것 같은 눈빛으로 김도원에게 애원했다.

자신을 바라보는 김도원의 눈빛에서 그가 살인마(殺人魔)라는 사실을 어렵지 않게 느낄 수 있었기 때문이다.

"……."

김도원은 여인을 빤히 쳐다보고는 알겠다는 듯, 고개를 끄덕이고는 무심히 그녀를 지나쳤다.

그러자 여인이 긴장이 풀린 듯, 고개를 숙이며 안도의 한숨을 내쉬었다.

자신의 딱한 사정이 남자의 마음을 돌린 것이라 생각했다.

실제로도 그러했다.

중학생 시절 부모님을 사고로 잃고, 홀로 남동생을 부양하며 살아온 삶이었다.

오늘은 성인이 되어 처음으로 일해서 번 월급을 받는 날이었다. 돌아가 동생에게 용돈도 주고, 내일은 멋진 옷 한 벌도 사줄 생각에 부풀어 있던 그녀였다.

푸욱!

그때.

안도의 한숨을 내쉬고 조심스럽게 몸을 일으키려던 여인은 뒤통수를 묵직하게 찍어 누르는 무언가의 느낌에 얼어붙은 표정을 지었다.

아주 잠깐의 시간 동안… 아무것도 느껴지지 않았다.

하지만 몇 초의 시간이 지나자, 서서히 몸이 자신의 통제를 벗어나 앞으로 고꾸라지고 있음이 느껴졌다.

푸화아아악!

뒤통수에서 뜨거운 무언가가 솟구치는 느낌이 들었다.

그러나 비명도 신음 소리도 나오지 않았다.

점점 희미해져 가는 시야.

집에서 자신을 기다리고 있을 남동생의 모습이 눈앞에 아른거렸다.

하지만… 더 이상 생각할 힘도, 기운도 없었다.

쿠웅!

힘없이 고꾸라진 그녀의 몸이 빗물로 얼룩진 차가운 아스팔트 길바닥에 퍼졌다.

"죽었는지도 모르게 죽는 게 가장 행복한 거라는데."

푸숙! 푸숙!

희미해져 가는 의식 사이로 마지막 소리가 들렸다.

그 남자의 목소리였다.

"이 정도면 많이 배려해 준 거지. 나도 마음이 꽤 약해진 모양인데."

김도원은 이미 고꾸라진 여인의 뒤통수에 단도를 두 번이나 쑤셔 넣고는 그제야 자리에서 일어섰다.

그러고는 자신이 '매너 있는 살인'을 했나 싶어 도리어 자책하고 있었다.

누군가를 죽일 때는 상대가 고통스러워하는 모습을 보며 죽이는 것이 최고의 쾌감을 느낄 수 있었다.

이래서는 뒷맛만 찝찝할 뿐이었다.

어차피 누구든 죽이겠다는 생각엔 변함이 없었다.

수단과 방법, 그리고 과정의 차이일 뿐이었다.

타타타탓!

양손의 단도에 뜨겁게 피를 적신 김도원이 사람들 사이를 향해 전속력으로 질주하기 시작했다.

뛸 때마다 아직 식지 않은 여인의 피가 단도 끝에서 뚝뚝 떨어져 내렸다.

사람들은 전력을 다해 도망치고 있었지만, 김도원은 그것보다 두 배는 빨랐다.

김도원은 순식간에 한 방향으로 도망치고 있는 남자 일행 넷의 뒤를 붙잡았다.

"헉헉!"

그중에 가장 덩치가 큰 남자는 이미 힘에 부친 듯, 가쁜 숨을 몰아쉬며 허공에 손을 휘젓고 있었다.

김도원은 가벼운 몸놀림으로 허공을 향해 도약했다.

처억!

"허억!"

김도원의 몸이 가볍게 덩치 큰 남자의 목에 안착했다.

김도원은 그 상태로 두 다리를 이용해 남자의 목을 옭아맨 뒤, 그대로 정수리를 향해 단도를 찍어 내렸다.

푸확!

"……!"

비명을 지를 새도 없이 덩치남의 숨통이 끊어졌다.

정수리 중앙을 그대로 뚫고 들어간 단도가 빠져 나오자, 비릿한 향기의 뇌수가 분수처럼 사방으로 터져 나왔다.

"다음은 너다!"

김도원은 중심을 잃고 쓰러지려는 덩치남의 머리를 디딤판 삼아, 머리를 뒤로 밀쳐 내며 앞으로 도약했다.

"히익!"

순식간에 거리를 좁힌 김도원의 모습을 본 남자의 표정이 하얗게 질렸다.

푸슉!

"커헉!"

이번에는 김도원의 단도가 미간을 꿰뚫었다.

김도원은 이어서 그 남자의 어깨를 디딤판 삼아, 또다시 도약했다.

마치 징검다리를 하나씩 건너듯, 김도원도 사람 하나하나를 발판 삼아 계속 이동했다.

그때마다 목숨 하나가 사라졌다.

김도원이 총 네 번의 점프를 끝나고 났을 때.

불과 1시간 전까지 미래와 꿈을 논하며 우정을 다지던 네 명의 친구는 싸늘한 주검이 되어 있었다.

"땅에 발 안 닿고 네 명 죽이기, 성공인가? 클클클! 으컄컄 컄!"

누가 정해주지도 않은.

자기 스스로 정해놓은 괴상한 미션을 수행한 김도원은 성공했다는 사실이 만족스러웠는지 허리까지 젖혀가며 기괴한 웃음소리를 터뜨렸다.

김도원이 뒤를 돌아보자, 아비규환의 현장이 사방에서 벌어지고 있었다.

뱀파이어들은 물만난 고기처럼 숨통이 붙어 있는 사람들이라면 부상을 입은 사람이어도 미친듯이 피를 빨아들였다.

잡히면 죽는 현장.

그러다보니 어느 누구도 이 상황을 영상이나 사진으로 담을 엄두도 내지 못했다.

아니, 그런 사람이 보이면 즉시 뱀파이어들과 김도원 일행의 타깃이 됐고, 여지없이 죽음을 맞이했다.

밤이 되어 문을 닫은 몇 개의 상점을 제외한 주점이나 카페도 전부 타깃이 됐다.

쏴아아아아—

갑자기 굵어진 빗줄기는 이 사거리 한복판에서 터져 나오는 비명 소리를 절묘하게 숨겨주고 있었다.

상황은 더욱 재밌게 흘러가고 있었고, 김도원의 눈앞에는 여전히 정신없이 도망치고 있는 사람들의 모습이 보였다.

"저, 저는 살 수 있는 거죠? 그렇죠? 그 글, 저는 봤거든요! 블랙 네트워크요!"

그때, 길모퉁이의 쓰레기통 옆에서 몸을 웅크린 채 자신을 응시하고 있는 여인의 모습이 김도원의 눈에 들어왔다.

공지에 남긴 말대로 여인은 머리부터 발끝까지 온통 검은 머리와 검은색 옷, 검은 신발을 착용하고 있었다.

"오, 첫 번째 우리 편?"

김도원이 자신의 청바지 위로 피 묻은 단도를 닦아내며, 여인을 향해 걸어갔다.

여인은 김도원이 다가오자 움찔거렸지만, 그것이 김도원에게 혹여나 다른 생각을 하게 만들까 싶어 이내 얼굴에 미소가 담긴 표정을 머금었다.

살고자 하는 욕구는 누구에게나 공통이었고, 그녀도 마찬가지였다.

"원하시는 대로 했어요. 저는 안전한가요?"

"물론이지. 기특한데."

김도원이 여인의 머리를 쓰다듬어 주었다.

여인은 김도원의 손길이 닿을 때마다 표정이 굳어졌다 풀리기를 반복했다.

방금 전, 눈앞에서 엄청난 살육의 현장을 목격한 탓에 아무렇지 않은 척 태연하게 있을 수는 없었던 것이다.

"하아… 정말 다행이에요……."

여인이 온 몸에 힘이 빠진 듯, 쓰레기통 옆이라 더러운 길바닥임에도 풀썩 주저 앉아버렸다.

꼼짝없이 죽는 줄만 알았던 것이다.

말대로 검은 옷을 챙겨 입으니 목숨을 부지할 수 있었다.

어쩌면 이 경험은 나중에 방송사의 취재라든가 제보 등에 써먹을 수 있을지도 모른다.

여인은 그렇게 생각했다.

터억!

"헉!"

하지만 싸늘한 기운이 등골을 스쳐 가는 듯한 느낌이 드는 그 순간, 김도원의 오른손이 여인의 목을 잡았다.

뚜둑!

그리고 기괴한 소리를 내며 여인의 목이 한쪽으로 심하게 꺾였다.

"이런, 실수로 그만 힘을 많이 줘버렸네. 적당히 마사지나

해줄 생각이었는데."

쿠웅!

여인의 기억은 거기서 끝이었다.

김도원의 손에 직각으로 꺾여 버린 목.

끊어진 그녀의 숨은 다시는 돌아오지 않았다.

＊ ＊ ＊

"에라이, 씨발―!"

퍽! 퍼어억! 퍽!

"으컥! 커억! 커허억!"

한편 뱀파이어들은 때 아닌 일반인들의 거센 저항에 고전
하고 있었다.

주점을 습격해 내부에 있던 사람들의 피를 취하려던 뱀파
이어들이 상황을 너무 낙관적으로 보다가 한 방 크게 먹은 것
이다.

술을 마시던 일반인 중, 건장한 남성들은 즉석에서 맥주병
을 깨서는 뱀파이어들과 맞섰다.

평범한 사람보다 조금 더 민첩하고 강해진 것일 뿐, 뱀파이
어가 되었다고 해서 무적(無敵)이 되는 것은 아니었다.

그러다보니 주점 내 좁은 공간에서 무리하게 싸우려다가

벌써 당한 뱀파이어들이 꽤 나오고 있었다.

날카로워진 송곳니.

붉은 핏기로 물들어 버린 눈.

일반인과 확연히 다른 모습에 사람들도 자신들이 마주하고 있는 상대가 뱀파이어임을 알아차리고 있는 중이었다.

벌써 다섯이 나가 떨어졌다.

깨진 맥주병 여기저기에 찔린 뱀파이어의 몸에서 피가 철철 쏟아져 내렸다.

여자들은 비명을 지르며 주점 구석에 숨어 있었고, 힘을 쓸 만한 남자들은 입구에서 뱀파이어의 진입을 막았다.

계속 대치 상태가 유지되자, 김도원의 교도소 동기이자 심복 동생이기도 한 정경호가 주점으로 올라왔다.

올라간 지 한참이 된 뱀파이어 무리가 통 나올 생각을 안 하자 이상해서 올라와 본 것이었다.

"허."

올라온 정경호가 헛웃음을 지었다.

입구에서부터 기가 찬 상황이 펼쳐지고 있었기 때문이다.

깨진 맥주병을 무기 삼아 지키고 서 있는 다섯 명의 청년들.

좁은 문 때문에 쉬이 들어갈 생각을 못하고 있는 뱀파이어들과 이미 안에 나자빠져 있는 다섯의 뱀파이어들.

"어디 들어와 봐! 들어와 보라고, 이 새끼들아!"

청년들 중에 가장 선두에 선 남자가 호기롭게 뱀파이어들을 도발했다.

"다른 데로 가라. 아직 많아, 문 연 곳."

"예."

정경호가 귀찮은 표정으로 뱀파이어들에게 손짓했다.

뒤치다꺼리를 하는 느낌이었지만, 웬만해선 근방에 생존자를 남기지 말라는 신정우와 김도원의 말이 있었던 만큼, 처리할 곳은 처리할 생각이었다.

쿵쾅쿵쾅―

발소리와 함께 뱀파이어들이 썰물처럼 현장을 빠져 나가고.

입구 밖에는 정경호만이 남았다.

"뭐냐, 넌?"

남자는 독이 바짝 올라 있었다.

이미 앞서의 전투에서 재미를 크게 본 덕분에 자신감도 충만해져 있었다.

뒤에 서 있는 청년들도 자신감에 찬 듯, 저마다 방어 자세를 취하고 정경호를 노려보고 있었다.

"거래를 하지. 어때?"

"뭐라고? 뭔 헛소리를 하고 있어. 너희들 경찰 오면 끝장이야. 빨리 도망가는 게 좋을 걸? 흥."

정경호의 말에 남자가 코웃음을 쳤다.

차라리 아까 마주쳤던 뱀파이어들이 몸집은 더 좋았다.

정경호는 딱 봐도 키 165cm에 그야말로 키 작고 왜소한 체형이었다.

한 손으로 잡아 내패대기 치면, 나가떨어질 것 같은 그런 몸이었던 것이다.

"딱 10초 안에 자진해서 목숨을 내놓겠다는 놈이 있으면, 남은 넷과 저 안에 있는 사람들 포함해서 도망갈 시간 5분을 주지. 어때? 이 정도면 좋은 거래인 것 같은데. 운이 좋으면 살 가능성도 충분하고."

"장난해? 미친 소리 하지 말고 꺼져!"

남자가 호기롭게 정경호의 말을 맞받아쳤다.

"흐흐."

그러자 정경호가 피식 웃음을 흘렸다.

예상했던 반응이었다.

"그럼 거래는 없던 거다."

나지막하면서도 냉랭한 정경호의 목소리가 이어졌다.

"거래 같은 소……."

사사사삭! 삭! 스삭! 삭! 삭!

"커헉!"

"으커어어어어억! 컥!"

"케엑!"

남자가 무어라 잇던 말이 채 끝맺음을 하기도 전에, 여기저기서 비명이 터져 나왔다.

찰나의 순간.

그 사이 다섯 남자의 목 중간에 상처가 생겼다.

날카로운 단검에 베어져 나간 부위는 점점 붉은 피를 쏟아내며 벌어지고 있었다.

푸쉬쉬쉬쉬쉬쉭!

바람 빠지는 소리와 함께 여기저기서 피분수가 튀었다.

저마다 목에서 쏟아져 나오는 피를 막으려고 두 손을 갖다 댔지만 허사였다.

쿠웅! 쿠웅! 쿠우우웅!

다섯 남자는 자신의 목을 움켜쥔 채, 원망 가득한 표정으로 정경호를 바라보다가 하나씩 앞으로 고꾸라졌다.

"꺄아아아악!"

입구에서 든든하게 자신들을 지켜주던 남자들이 순식간에 숨이 끊어진 시체가 된 것을 확인한 여자들이 소리를 질렀다.

"제대로 반항하지 않는 것들은 재미도 없지. 귀찮다."

타타타닷!

정경호가 주점 내부 여기저기를 빠르게 움직이며 비명을 지르거나, 구석에 몸을 웅크리고 있거나, 혹은 살려달라고 애원하는 여자들의 목숨을 거뒀다.

정경호의 말대로 전부 입으로 목숨을 구걸할 뿐, 남자들처럼 싸우려고 하거나 맞설 생각조차 하지 않았다.

물론 그랬다고 해서 살려주거나 하지는 않았겠지만.

정경호는 한가득 귀찮은 기색으로 주점 내부의 생존자 전원을 정리하고는 밖으로 나섰다.

입구에는 멍청하게 평범한 청년들에게 목숨을 잃은 뱀파이어 다섯의 시체가 빠르게 산화해 가는 중이었다.

"정말 총알받이 역할로만 딱 이로군. 그게 답이다."

정경호가 고개를 가로저으며, 계단을 따라 건물 밖으로 빠르게 나섰다.

신촌이라는 무대는 넓고, 아직 살아 숨 쉬는 놈들은 많았다.

다른 동료보다 손맛을 덜 봐서야 섭섭해서 견딜 수 없을 것 같았다.

"으랏차!"

정경호가 기합을 내지르며 주점을 빠져나와 미리 봐두었던 장소로 향했다.

정경호의 목적지는 바로 모텔이 즐비하게 늘어선 MT촌이었다.

웬만해선 남녀가 한 묶음으로 있을, 그래서 더 죽이는 맛이 쏠쏠할 것 같은 장소였다.

*   *   *

부우우웅!

박 신부의 세단이 대로변을 갈랐다.

벌써 신호 위반에 과속만 해도 수십 번은 넘게 했을 것 같았지만, 그게 중요한 게 아니었다.

홍대에 나가있던 칠 남매 중 여섯째인 은비에게서 연락이 왔던 것이다.

─신촌이에요. 신촌에서 벌써 상황이 벌어진 것 같아요!

다급한 은비의 말을 듣고, 박 신부는 부리나케 강남에서 신촌까지 속도를 내는 중이었다.

한편, 현성은 장거리 텔레포트를 이용해 움직이기로 했기 때문에 세단에 동승하진 않았다.

로키스로부터 가르침을 받은 이후, 현성은 장거리 텔레포트도 가능해졌다.

문제는 마법진이 활성화되어 있어 마법진 포인트로 이동을 쉽게 할 수 있는 스승들의 세계와 달리, 이곳은 아무것도 없는 상태로 이동해야 하기 때문에 시간이 걸린다는 점이었다.

하지만 차로 가는 것보다는 빨랐기 때문에 현성은 캐스팅을 마치고 텔레포트를 시전할 준비를 하고 있었다.

이미 인터넷의 각종 포털 사이트에서는 신촌이라는 단어가 검색어 1위에 올라와 있었다.

하지만 정확한 사건의 정황이나 경위는 없었다.

현장 근처에서 무언가를 보고 들은 사람의 대부분이 이미 죽임을 당했기 때문이었다.

지잉— 지잉— 지잉—

현성의 발밑에 만들어진 푸른빛의 마법진이 광채를 뿜어내고 있었다.

예열 과정이 끝난 것이다.

마법진이 있었다면 수 초에 이뤄졌을 텔레포트가 십여 분이 넘게 걸렸지만, 그래도 이게 빨랐다.

"후우."

한숨부터 터져 나왔다.

이동하고 나오면 얼마나 심각한 광경이 펼쳐져 있을까.

상상하기 싫었지만, 받아들일 준비는 해야만 했다.

파아아앗―!

이내 현성의 몸이 허공으로 빨려 들어가듯 순식간에 사라졌다.

그리고 현성을 둘러싼 공간이 빠르게 무너져 내렸다가, 재조합됐다.

"……."

그렇게 현성의 눈앞에 새로운 장소가 나타났다.

신촌 사거리.

신촌로와 연세로의 교차점.

"크컥… 커커컥……."

현성의 눈앞에.

바로 앞에, 옆구리에 큰 상처를 입은 남자 하나가 상처를 비집고 지면으로 흘러나온 자신의 창자들을 보며 힘겹게 마지막 숨을 들이쉬고 있었다.

이미 손을 쓰기에도 늦은 상황.

"끄윽."

쿠웅!

힘겹게 마지막 움직임을 끝낸 남자가 고개를 떨구며 숨을 거뒀다.

현성은 채 감기지 못한 남자의 눈을 조심스럽게 손으로 감겨주었다.

그리고 사방을 살폈다.

이미 거리에는 숨이 끊어진 일반인들의 시체가 즐비했다.

지금 이 자리가 21세기의 현대 사회의 거리가 맞는가 싶을 정도로.

학살의 현장은 거리를 따라 계속 이어지고 있었다.

저 멀리 광기에 찬 움직임으로 도망치는 사람들을 도륙하는 놈들의 모습도 보였다.

일분일초가 급했다.

시간이 흐를 때마다 사람들이 죽는다.

"헤이스트!"

현성이 지체 없이 헤이스트를 전개했다.

빠르게 뒤로 사라져 가는 주변의 광경들.

그때마다 수많은 시체 역시 현성의 곁을 지나갔다.

바닥은 온통 피로 흥건했다.

장대비가 쏟아지고 있어, 비에 뒤섞인 피가 사방으로 번져 나가고 있었다.

"크크크크!"

그때.

현성의 시야 안에 뱀파이어 둘이 포착됐다.

날카롭게 뻗어져 나온 송곳니.

사라지지 않은 입가의 피들.

"블링크!"

현성이 블링크를 시전해 뱀파이어 둘 앞으로 움직였다.

"오?"

"뭐지? 아직 살아있는 놈이?"

미처 현성의 블링크를 눈치채지 못한 뱀파이어 둘은 입맛을 다시며 현성을 바라보았다.

흡혈이라는 게 정해진 양이 있는 게 아니었다.

무한정 흡혈을 하면 그거대로 또 할 수 있었다.

쾌감이 반감되거나 하지는 않기 때문이다.

단, 한두 번의 흡혈만으로도 배를 불릴 수 있고, 굳이 무리를 할 필요가 없으니 더 하지 않는 것뿐이었다.

하지만 뛰어놀 만한 놀이터를 찾은 뱀파이어들에게는 이곳이 그야말로 천국이었다.

처억!

현성의 양손이 각각 두 뱀파이어의 목을 잡았다.

"미친놈이냐?"

"뭐야?"

별다른 흉기를 들고 있는 것도 아니고, 우락부락한 체격을 가진 놈도 아니었다.

한데 자신들의 목을 호기롭게 잡으니, 어이가 없어 웃음까지 나는 것이었다.

빠직!

"……!"

그 순간, 현성의 손끝에서 엄청난 전류의 파장이 일었다.

라이트닝 스톰.

팅그르르르르—

한 번의 섬광이 일고.

주인을 잃은 뱀파이어의 목 두 개가 바닥을 나뒹굴었다.

고압의 전류가 만들어 낸 충격파에 목뼈와 살이 버텨내지 못하고 찢겨져 나가 버린 것이다.

현성은 지면에 떨어진 뱀파이어의 머리에 신경조차 쓰지 않았다.

그리고 다음 타깃을 찾았다.

"허……."

저 멀리서 현성에 의해 동료 둘이 죽어나가는 광경을 본 뱀파이어의 무리가 있었다.

인원은 셋.

그들 역시 이미 얼굴이며 옷에 피칠갑을 한 상태였다.

한 놈은 이미 숨이 끊어진 여인의 몸을 들어서는 여전히 쏟아지고 있는 피를 게걸스럽게 들이키고 있었다.

화르르륵!

현성이 캐스팅한 것은 헬 파이어였다.

로키스로부터 배운 강력한 화염 마법.

뼈의 흔적조차 남기고 싶지 않을 때.

상대를 완벽하게 이 세상에서 지워 버리고 싶을 때 쓰는 악랄하고도 강력한 마법이라고 했다.

지금의 현성에게 저들은 확실히 그런 존재였다.

화르륵! 화르륵! 화아아아아악!

분노와 열기로 가득 찬 헬 파이어 구체가 현성의 손 위에서 맹렬한 힘을 뿜어냈다.

"하앗!"

현성이 일갈하며 저들을 향해 헬 파이어를 시전했다.

"어……?"

순간 거리의 끝에서 무언가가 반짝이고, 그것이 자신들에게 날아드는 것을 확인한 뱀파이어들의 표정이 변했다.

열기가 느껴지고.

뭔가 이상하다는 것을 느꼈을 때는 이미 코앞까지 구체가 당도해 있었다.

화아아아아아아악!

이들의 운명도 앞서간 동료들과 크게 다르지 않았다.

헬 파이어가 명중하고 거대한 불기둥이 하늘로 솟구치는 순간, 그 열기에 뼈조차 녹아 없어졌기 때문이었다.

마치 그 자리에는 아무것도 없었던 것처럼 불기둥이 사그라지자 빗물에 뒤섞인 정체불명의 몇 개의 살점만이 지면을 따라 흐를 뿐이었다.

　"후우."

　현성이 바쁘게 시선을 돌렸다.

　소탕(掃蕩)이 목표였다.

　한 놈도 살려두고 싶지 않았다.

　이 엄청난 살육의 현장.

　죄 없이 죽어간 사람들의 억울함은 누가 보상해 준단 말인가?

2장
살인의 광기(狂氣)

"끄억!"

"후우. 살찐 놈은 이래서 문제지."

푸욱!

김도원이 거구의 덩치를 가진 남자의 목에서 단도를 빼냈다.

온통 살덩어리인 남자는 목에도 살이 찐 탓에 한 번에 숨통이 끊어지지 않았다.

그래서 위에 올라타 몇 번을 목을 따고 나서야, 그제야 숨통이 끊어져 고꾸라졌던 것이다.

김도원은 온통 피칠갑이 된 옷을 벗어서는 내던졌다.

그러자 잔근육 라인이 선명한 그의 호리호리한 몸이 드러났다.

"형님! 형님!"

그때, 한 블록 너머에서 부하 하나가 김도원을 향해 달려왔다.

표정을 보아하니 슬슬 예상했던 상황이 전개되기 시작한 모양이었다.

김도원, 그리고 신정우가 예상한 것은 사건 신고를 받고 출동할 경찰을 만나는 일이 아니었다.

이유는 간단했다.

신상현이 이끄는 팀이 관할 지구대를 포함한 모든 경찰서를 습격하기로 했기 때문이다.

처음부터 신정우와 김도원이 신경 썼던 것은 백야였다.

블랙 네트워크에 반(反)하는 단체.

상황이 벌어지면 바로까지는 아니더라도, 분명 현장에 도착할 것이라 생각했던 것이다.

"왔나?"

"예. 장난 아닌데요. 번개가 치고, 불기둥이 치솟고 장난 아닙니다."

"리더인 것 같은데?"

"예. 정우 형님이 말하던 그 놈이 맞는 것 같습니다. 어떻게 할까요? 전부 모아서 놈을 칠까요?"

"아니. 그건 우리 계획에 없던 일이지. 괜한 힘을 놈에게 뺄 필요 없지. 우리 목적은 더 많은 사람을 저세상으로 보내 주는 일이 아니냐?"

"그, 그렇지요!"

현성의 위력을 직접 두 눈으로 봤기 때문인지, 부하 역시 꽤나 많은 사람을 죽인 악독한 살인마임에도 말을 더듬고 있었다.

"총알받이는 따로 있으니까. 우리만 이동하면 된다. 놈들은 우리가 여기서 빠르게 빠져 나가도, 사라졌는지조차 모를 거다."

"어디로 갑니까?"

"홍대는 조용히 지나고, 합정역 쪽으로 빠진다. 느낌상 홍대는 나도 알고 너도 알고, 모두가 아는… 뻔한 루트일 것 같으니까."

"예, 그럼 빠르게 연락을 넣지요!"

부하의 연락에 김도원과 조직원들이 빠르게 집결하기 시작했다.

당장에 손맛을 볼 상대가 여기저기 널려 있었지만, 그들은 김도원의 명령을 최우선으로 삼는 자들이었다.

눈앞에 보이는 잠깐의 재미보다, 자신들의 적을 교란할 수 있게 게릴라식으로 움직이는 것이 효과적임을 알았기 때문이다.

뱀파이어들은 여전히 거리를 누비며 본능에 충실한 사냥 중이었다.

그 와중에 동료, 정확하게 말하자면 김도원의 부하들이 자리를 이탈했지만 크게 개의치 않았다.

무주공산이 된 길거리.

자신들에게 쾌락을 가져다 줄 제물들을 쉬이 지나칠 수 없었던 것이다.

"다들 모였나?"

"예."

총 25명.

희생자는 없었다.

김도원은 집결한 동료와 부하들의 면면을 다시 한 번 확인하고는 만족스러운 듯 고개를 끄덕였다.

이 정도면 충분히 목적은 달성이었다.

껄끄러운 놈이 도착했으니, 뒤치다꺼리는 뱀파이어들에게 맡기고 다음 장소로 이동하면 되는 것이다.

삑삑.

김도원이 전화를 걸었다.

수신자는 신정우였다.

—이동할 예정이냐?

"예. 합정역으로 이동합니다. 지원해 주실 수 있습니까?"

—뱀파이어들을 보내지.

"예, 그럼."

—재밌겠군.

"또 보고 드리겠습니다."

통화는 세 번의 대화로 끝났다.

"가자!"

김도원의 명령이 떨어지자, 빗줄기를 가르며 25개의 인영이 빠르게 거리를 벗어나 어둠 속으로 사라졌다.

거리에 즐비한 시체들.

그들은 뒤조차 돌아보지 않았다.

*　　　*　　　*

"쿨럭! 끄으윽… 쿨럭!"

치익. 후우욱.

꾸우욱.

"커컥! 쿨럭! 쿨럭!"

"대한민국 경찰도… 이래서야 쓸모가 없지."

마포 경찰서 앞.

신상현은 유일하게 목숨이 아직까지 남아있는 경찰의 머리를 구둣발로 짓누른 채, 여유로이 담배를 태우고 있었다.

신촌에서 김도원이 움직이기 시작한 순간.

인근의 지구대에 상주하고 있던 경찰들은 모두 기습을 받고 죽임을 당했다.

시끌벅적할 필요도 없었다.

마치 무슨 볼일이라도 있는 양 치안센터나 지구대 건물 안으로 들어왔다가, 순식간에 기습하여 죽이면 그만이었기 때문이다.

경찰들은 수상한 낌새를 느끼고 총을 발포할 새도 없이 목숨을 잃었다.

마포 경찰서에서는 교전이 있었다.

한밤중이긴 했어도 상주 인원이 있다 보니 단시간에 제거가 되지는 않았던 것이다.

몇 번의 총격이 있었지만, 신상현과 동료들 중에 피해자는 없었다. 부상자 역시 없었다.

신상현은 빠르게 마포 경찰서 내에 상주하고 있던 전원을 제거하고, 유치장에 갇혀 있던 놈들까지도 모조리 목숨을 거두었다.

벌써 신촌에서 긴급 상황이 발생한 지 한 시간이 넘어가고 있었다.

그럼에도 불구하고 사태가 해결되지 않고 있는 이유는 단 하나.

출동할 만한 인근의 경찰이 모조리 참살(慘殺)을 당했기 때문이었다.

경찰들을 죽이고 얻은 실탄이 장전된 권총은 그야말로 덤이었다.

"후우… 빗줄기가 점점 더 굵어지는 군. 이런 날에는 막걸리 한잔이 딱 인데."

신상현이 담배 연기를 깊숙이 들이마시며, 하늘을 바라보았다.

사람을 죽일 때마다 극도의 희열감을 느끼는 김도원과 그의 패거리들과는 달리, 신상현은 살인 자체에는 별다른 쾌감을 느끼지 못했다.

사실 필요하지 않으면 살인을 하고 싶어 하지 않는 입장이기도 했다.

신상현은 뱀파이어로서 각성하여 얻은 자신의 특별한 육체적 능력을 즐겼다.

그 자체가 큰 즐거움이었다.

하지만, 평범한 삶에서 남들에게 자랑하고 보여줄 수 있는 즐거움은 아니었다.

빌어먹을 뱀파이어의 삶이 많은 것을 꼬이게 만들었던 것이다.

치료할 방법이 있다면 치료하고 평범한 삶을 살고 싶었다.

그렇게 되면 뱀파이어로서의 능력은 잃게 되겠지만, 그래도 돌아가고 싶었다.

하지만 방법은 없었다.

마치 낙인이 찍혀 버린 것처럼, 뱀파이어가 된 자신이 원래대로 돌아갈 방법은 적어도 지금까지 아는 바로는 없었던 것이다.

잘못 끼워 버린 첫 단추.

세상을 삐딱하게 보기 시작한 신상현은 그 뒤로 자신의 능력을 극대화할 수 있는 방법을 찾기 위해 노력했고, 그 결과물이 바로 지금이었다.

부산에 살던 그는 능력을 얻은 사람들을 모아 규합하기 시작했고, 그것이 블랙 리스트였다.

"뭘 그리 감상에 잠겨 계십니까? 어차피 우리 같은 사람의 끝은 똑같지 않습니까, 형님. 갈 길이 하나뿐이라면 그 길을 가야죠. 다른 길을 볼 필요 있겠습니까?"

옆에 있던 부하가 말을 걸었다.

부산에서 활동하던 당시, 부잣집을 털고 난 다음에 신상현의 명령을 받고 떡대 기철, 기원을 비밀 누설로 제거했던 그 남자였다.

이름은 계영철.

양팔을 자유자재로 살인 병기로 바꿀 수 있는 특별한 능력자였다.

계영철은 성향으로만 따지면 김도원 쪽과 더 가까웠다.

살인에 거리낌이 없었다.

오히려 즐겼다.

신상현이 매사에 진지하고 무겁게 임하는 타입이라면, 계영철은 가볍고 유쾌하게 임하는 정반대 타입이었다.

물론 그 유쾌함이 살인에서 온다는 것이 문제라면 문제였다.

"생각이야 자유지. 어쨌든 정리는 얼추 끝났군."

"합정역으로 이동한다고 하던데요. 우리도 합류하는 겁니까?"

"아니. 우린 중간에서 이런 식으로 컷트만 한다. 어디 대한민국 경찰이 어디까지나 무능할지 지켜보자고."

"후후, 그렇게 하지요."

계영철이 고개를 끄덕였다.

"후욱~ 다 피웠군."

신상현은 피우던 담배 필터의 끝이 보이고 난 다음에야 담배꽁초를 바닥에 던졌다.

그리고 방금 전까지 숨이 붙어 있던 경찰의 상태를 확인했다.

출혈이 심했던 탓일까?

담배 한 대를 태우는 사이, 그는 이미 숨이 끊어진 채로 두 눈을 부릅뜨고는 죽어 있었다.

괜스레 더 피워지고 싶어진 담배.

딸깍— 치이이익.

후우우우욱.

신상현은 방금 막 한 대를 태웠음에도, 다시 담배 하나를 꺼내서는 불을 붙였다.

＊　　　＊　　　＊

악순환의 연속이었다.

현성이 거리를 누비고 다니는 뱀파이어를 차례대로 제거하는 동안, 박 신부를 비롯해 7남매가 속속 신촌으로 집결했다.

하지만 신촌 길거리를 이 잡듯이 뒤져도 나오는 것은 뱀파이어뿐이었다.

이미 목숨을 잃은 사람들의 시신을 보면 예리한 것에 베여져 나간 상처가 있었다.

이건 뱀파이어들의 이빨 따위에 물린 자국이 아니었다.

뒤통수에 길게 나 있는 상처하며, 여기저기 난자(亂刺)당한 흔적이 있는 것을 보면 분명히 뱀파이어 외의 조직이 활동한 흔적이 있었다.

신정우도 있었을까?

현성은 확신할 수 없었지만, 신정우가 없었다 하더라도 그에 준하는 녀석들이 있었을 것이라 생각했다.

충장로 학살 사건 현장에서 나타났던 모습이 지금과 유사했다.

사람들은 무차별적으로 죽임을 당했고, 그놈들 대부분이 단검이나 대검을 썼었던 것이다.

서울로 올라온 것이 확인된 놈들이다.

현성은 그들이 이 엄청난 사건 현장의 장본인이라 생각했다.

한데 어찌된 일인지 보이는 것은 뱀파이어뿐이었다.

상황이 복잡해졌다.

현성이 마법적인 성취를 크게 이루었다고 해서 적들이 어디에 있는지 위성사진 보듯 자세하게 알 수 있는 것은 아니었다.

추적 마법을 걸어놓은 것도 아니고, 박 신부나 7남매의 정보원들이 광범위하게 있는 것도 아니었다.

포털 사이트의 검색어에는 신촌, 신촌 사건, 신촌 학살 등의 단어가 오르내리고 있었다.

하지만 정작 이곳에는 핵심이 없었다.

현성은 자신의 등장을 알아차리고 놈들이 활동 무대를 옮겼을 것이라 생각했다.

여기서 지체하면, 또다시 다른 곳에서 피해가 발생할 터.

빠르게 결정해야 했다.

신촌에서 다음 목적지로 정할 수 있는 방향은 크게 두 곳.

이대 쪽으로 빠지거나, 홍대 또는 합정 쪽으로 빠지는 것이었다.

서강대 쪽으로 빠질 가능성도 있었다.

거의 찍기 수준에 가까웠다.

"젠장!"

첨벙!

좀처럼 화를 내지 않는 현성이 지면을 발로 걷어찼다.

사방으로 빗물이 비산했다.

이래서는 꼬리잡기만 열심히 하다가 끝날 느낌이었다.

현성이 두 주먹을 움켜쥐었다.

단 한 놈도 살려두고 싶지 않았다.

현성은 승부수를 던져 보기로 했다.

대학가는 너무 뻔하다.

가장 먼저 생각이 나는 장소.

그만큼 불특정 다수를 노리기 좋은 곳이긴 하지만, 어느 정도 수 싸움을 하고 있는 정황으로 봐서는 뻔해도 너무 뻔했다.

그러면 조금 더 멀리 봐야 했다.

뱀파이어들의 이동 루트가 이대 쪽으로 향하고 있었기 때문에 그쪽일 가능성도 적어 보였다.

추측이 되기 때문이다.

그렇다면 홍대 너머 합정 방향일 가능성이 컸다.

감에 가까웠다.

어떤 확실한 근거를 기반으로 한 판단은 아니었지만, 현성은 자신이 신정우 혹은 그 주변 인물이었다면 그렇게 판단했을 것 같았다.

"남은 뱀파이어를 정리해 주십시오. 먼저 움직인 다음, 발견하면 연락드리겠습니다."

"후우. 그렇게 하죠."

박 신부의 표정 역시 현성과 비슷했다.

분노에 가득 찬 얼굴.

이렇게 잔혹한 짓거리를 일삼고 있는 무리를 도저히 용서할 수 없었다.

이들에게 무슨 죄가 있는가?

그들이 원하는 것이 살인을 통해 두려움을 만드는 것이 목적이라면, 테러리스트나 다를 것이 없었다.

특별한 능력을 가지고도 세상의 눈에 띄지 않게 평범하게 살아갈 방법은 많다고 생각했다.

뱀파이어도 본인이 의지만 있다면, 일반인들에게 직접적인 위해를 가하지 않고도 피를 수급할 수 있었다.

차예련의 말에 따르면 어느 정도 참을 수만 있다면, 흡혈은 이틀에 한 번이면 족하다고 했다.

동물의 피 혹은 수혈용 피로도 가능하다고 했다.

물론 현실적인 여건으로 인해 쉬운 과정은 아니겠지만, 어쨌든 방법은 찾아볼 수 있었다.

이렇게 일방적으로 사람을 죽이고, 그들의 피와 목숨을 취하는 것은… 정말 천벌을 받을 일이었다.

파앗—

현성이 빗줄기를 가르며, 동교동—서교동 삼거리가 있는 방향으로 빠르게 사라져 갔다.

"빠르게 움직이죠. 아직 뱀파이어가 많이 남아있습니다."

박 신부가 냉랭한 목소리로 7남매에게 지시했다.

현성이 핵심을 쫓는 동안, 자신들은 자신들대로 해야 할 일이 있었다.

뱀파이어도 결국 이 현장을 만들어 낸 장본인들 중 하나였다.

잔챙이라고 무시할 일은 아닌 만큼, 빠르게 놈들을 제거하거나 잡아들일 필요가 있었다.

현성은 간절히 자신의 추측이 맞길 바랐다.

그래야 피해를 최소화할 수 있다.

자신이 놈들의 꼬리를 늦게 물면 물수록, 피해자는 기하급수적으로 증가할 터였다.

놈들의 머릿속에는 살인 외에 다른 것은 없는 듯했다.

새삼 느낀 신정우의 악랄함에 분노가 치밀었다.

후(後) 대응이 될 수밖에 없는 현성의 약점을 노리고 일반 사람들을 희생의 제물로 삼았다.

이것은 현성이 엄청난 능력과 힘을 가지고 있더라도 필연적으로 겪을 수밖에 없는 문제였다.

악순환이 반복되지 않으려면 결론은 하나였다.

뿌리가 될 만한 인물 모두가 죽어야 했다.

신정우와 그 주변의 핵심 인물들이 사라지지 않으면, 이런 식의 무차별 테러는 끊이지 않을 터였다.

쏴아아아아—

빗줄기는 더 굵어졌다.

그 탓인지 길거리는 한산했다.

현성은 최대한 인적이 드문 길을 이용해 빠르게 이동하고 있었다.

"하……."

갑자기 눈물이 났다.

급하게 자리를 뜨긴 했지만, 신촌 길거리에서 보았던 그 참혹했던 현장이 계속 머릿속을 맴돌아서였다.

엄청난 살인의 현장.

과연 날이 밝고 상황이 수습된다고 하더라도.

그 희생자들의 가족은 얼마나 슬퍼할 것이며, 그 상실감은 얼마나 클 것인가?

생존자는 물론이거니와, 이제 소식을 듣게 될 사람들은 이제 신촌의 길거리만 보아도 학살 현장이었다는 트라우마에 빠질지도 모른다.

한 시간이 넘도록 경찰조차 제대로 출동하지 못했던 상황을 보면 경찰 역시 습격당했을 거라는 사실을 현성은 미루어 짐작할 수 있었다.

용의주도한 신정우가 신고를 받고 출동할 경찰을 생각 못 했을 리 없었다.

무장이라고 해봤자 권총 몇 정이 전부인 경찰을 상대하기는 어렵지 않았을 터.

신고하러 왔거나 아니면 잠시 비를 피하러 온 척 들어가 있다가 순식간에 손을 써버리면 어쩔 도리 없이 당했을 것이다.

쏟아지는 눈물이 빗물과 뒤섞였다.

아무리 마음을 냉정하게 먹으려 해도 헛되이 목숨을 잃은 사람들에 대한 생각까지 칼 같이 잘라낼 순 없었다.

어쩔 수 없는 희생?

그런 것은 있을 수 없었다.

촤라라라라락!

현성이 더욱 속도를 냈다.

은은하게 만들어 낸 실드에 부딪힌 빗방울이 사방으로 비산했다.

이 지독한 악연, 그리고 희생의 끝은 어디일까.

현성은 입술을 질끈 깨물었다.

자신이 중심을 잡지 못하면 안 된다는 것을 잘 알기에.

마음이 약해져선 안 된다는 것을 너무나도 잘 알기에!

더 냉정해져야만 했다.

비록 그것이 엄청난 슬픔과 눈물을 감내해야만 하는 고통이 따른다 할지라도.

＊　　　＊　　　＊

"나타났습니다."

"빠지자. 아직 놈들은 잘 놀고들 있지?"

"물론입니다."

"슬슬 빠르게 따라붙는 느낌인데. 이쯤에서 빠지는 것도 나쁘지 않겠군."

"중간에 빠지면서 재미를 좀 보는 것도?"

"그럴까?"

"꺄아아아악!"

합정역 일대도 아수라장이 되어 있었다.

새벽 한 시를 훌쩍 넘긴 시간이라 지하철 이용객이 적어 사람이 많지는 않았지만, 인근에서 술 한잔을 걸치고 집에 들어가던 사람들이 봉변을 당했다.

그 와중에 현성이 도착한 것을 확인했고, 김도원은 미련 없이 빠지기로 결정한 것이다.

어차피 앞으로도 뛰어놀 기회는 많았다.

꼬리가 슬슬 잡히는 만큼, 굳이 현성과 마주치고 무리할 필요가 없다고 판단한 것이다.

김도원은 신상현과 신정우에게 빠르게 연락을 보냈다.

이미 신상현도 일이 정리되어가는 것을 알고는 빠르게 자리를 뜨는 중이었다.

"자, 다들 가자! 일이 더 복잡해지기 전에!"

김도원의 명령이 떨어지자, 한창 재미를 보던 그의 부하들도 빠르게 현장을 이탈했다.

오늘도 충분히 재미를 본 하루였다.

앞으로는 언제고 이런 즐거움을 맛볼 수 있는 백그라운드가 생겼으니 굳이 무리할 필요가 없었다.

바람같이 그들이 현장에서 사라지고.

이용당했다는 사실조차 모른 채 용감하게 현성과 맞서던 뱀파이어들이 각지에서 죽어나갔다.

이어서 박 신부와 7남매 일행이 도착하고.

뱀파이어의 대규모 소탕이 이뤄졌지만 그것으로 끝이었다.

중요한 알맹이!

김도원의 무리는 이미 현장을 떠난 후였다.

악몽의 날로 기억 될 검은 월요일.

세상은 경악과 큰 충격에 빠졌다.

*   *   *

[뉴스 속보입니다. 있어서는 안 될 일이 벌어졌습니다. 월요일 자

정, 신촌 시가지에서 정체불명의 괴한 수십여 명이 행인들을 살해하는 충격적인 일이 발생했습니다. 그중에는 뱀파이어로 추정되는 용의자도 상당수 있었으며, 이로 인해 피해가 더 커진 것으로 보입니다. 더 충격적인 사실은 신고를 받고 출동해야 할 관할 경찰서가 습격을 받아, 대기 중이던 경찰관 전원이 사망하는 일이 벌어졌다는 것입니다. 여러분, 이 사실이 믿겨지십니까? 정말 있어서는 안 되는 일이 벌어졌습니다.]

[출동한 경찰의 임시 추산만 따르더라도 벌써 500명에 가까운 인원이 사망한 것으로 알려졌습니다. 신촌 번화가 인근의 주점, 카페, 모텔 등이 괴한들의 공격 대상이 되었으며, 현재까지 정확한 사건 정황을 목격한 목격자는 나타나지 않고 있습니다. 합정역에서도 같은 사건이 벌어져 250명에 달하는 인원이 사망했습니다. 관할 지구대는 괴한의 기습을 받아 경찰 전원이 사망하는 참혹한 일까지 벌어지고 말았습니다.]

[경찰은 인터넷 커뮤니티 사이트 블랙 네트워크에 지난 금요일에 남겨진 공지글에 이미 계획이 드러나 있었다고 밝히고 있습니다. 그러나 실제 현장에서 검은 복장을 착용한 사람도 죽임을 당한 것으로 알려져, 결국 불특정 다수의 모두가 희생양이 되었음이 확인됐습니다. 경찰은 이미 해당 정보를 그전에 입수했음이 확인되었음에도, 전

혀 경계를 하지 않았던 것으로 알려져 책임을 피할 수가 없게 됐습니다. 아울러 이 글이 현실이 됨에 따라, 사회적인 파장이 상당할 것으로 예상됩니다.]

각종 매스컴에서는 앞을 다투어 사건을 보도했다.

소식을 접한 시민들의 반응은 두려움 그 자체였다.

이 엄청난 사건을 쉽게 받아들일 수 있는 사람은 없었다.

당장에 내가 지나다니는 길거리에서 언제 죽임을 당할지 모른다는 사실, 그것만으로도 이미 엄청난 공포였다.

이 사건은 온라인뿐만 아니라 오프라인, 그러니까 사회 전체의 이슈가 되었다.

충장로 학살 사건은 차라리 애교라고 해도 될 정도였다.

정확한 추산 절차를 거칠 때마다 사망자수가 계속해서 증가했다.

초기 추산 사망자는 750여 명이었지만, 시간이 지나면서 그 수는 900명까지 늘어났다.

물론 이 숫자에는 현장에서 발견된 뱀파이어 사망자 수는 제외되어 있었다.

그들까지 합치면 1000명을 훌쩍 넘기는 수준이었다.

가장 먼저 어수선해진 곳은 정치권이었다.

지방선거의 참패와 기타 구설수 등으로 수세에 몰려 있던 야권은 가칭 '신촌 학살 사건'을 기회 삼아 정부를 향해 총공세를 날렸다.

제대로 치안 유지를 하지 못하고, 사건 초기 대응부터 미흡했다는 점을 빌미로 책임론을 주장했던 것이다.

여당은 바로 맞섰다.

그 과정에서 수많은 사람이 희생당했다는 논점은 사라졌다.

여당은 이번 사건이 북한의 남파 간첩이나 집단의 소행일 가능성이 있으며, 야권에서 종북 성향이 강한 의원의 협조가 있었을 가능성이 크다는 음모론을 제기했다.

이야기가 산으로 가기 시작한 것이다.

정치권은 이 사건을 빌미삼아 상대 진영을 공격하려는 기회로 삼았고, 서로가 서로에게 책임을 떠넘기는 책임론을 주장했다.

그 과정에서 억울하게 희생된 사람들은 아무런 보살핌도 받지 못한 채, 애꿎은 희생양이 되어버리고 말았다.

경찰은 어쩔 수 없이 당했음을 강조하면서도 결과적으로 무능함을 드러낸 꼴이 되고 말았다.

게다가 경찰관까지 희생양이 되면서, 경찰들 사이에서도 이 사건을 맡았다가는 죽을 수도 있다는 두려움이 번져 나가기 시작했다.

경찰은 학살 사건과 관련된 주동자와 용의자, 관련자를 체포하기 위한 전담팀을 꾸리려 했지만 나서는 사람이 없었다.

겨우 강제적으로 전담팀을 편성해 울며 겨자 먹기로 수사를 시작했을 뿐이다.

정치권은 핵심 문제를 해결하려 하지 않았고, 경찰은 쉽게 나서지 못했다.

그렇다고 해서 이 사건을 두고 군이 대대적으로 나서는 것도 모양새가 이상했다.

사람들은 이 기가 찬 대학살의 현장에 맞설 수 있는 것이 정부도, 군도, 경찰도 아닌 또 다른 능력자 단체 '백야'라는 사실에 허탈해했다.

한편으로는 이 비정상적인 상황의 연속을 혼란스러워 했다.

더 이상 상식으로 이해할 수 있는 시기는 끝났다.

아닐 거라고, 절대 그럴 리 없을 거라고.

능력자들은 존재하지 않을 것이라고 부정하던 사람이나 전문가까지도…….

이제는 현실을 받아들여야 할 상황이 오고 있었다.

그리고 화요일 자정.

백야와 블랙 네트워크 공식 홈페이지에는 각각의 공지글

이 달렸다.

[참담한 상황이 벌어졌습니다.

슬픔을 금할 길이 없고, 죄 없는 사람들을 무자비하게 공격한 그들을 더 이상 용서할 수 없습니다.

여러분.

저희는 온 힘을 다해, 목숨을 다 바쳐서라도 여러분들을 지켜낼 수 있게 최선을 다하겠습니다.

세상을 심판한다는 미명 아래, 무차별적인 살인을 자행하고 있는 블랙 네트워크를 용서하지 마십시오.

반드시, 죽을힘을 다해 반드시!

저희가 막겠습니다.]

[우리의 힘은 확실히 보았을 것이다. 우리의 뜻에 동참할 의사가 없었던 전원은 모두 그에 걸맞는 최후를 맞이했다.

불합리하다 생각하는가? 그러면 맞서 싸우면 되는 것이다.

두려운가? 검은 옷을 차려입고 우리의 뜻에 동참하라.

이제 세상은 우리의 목소리에 귀를 기울이지 않을 수 없을 것이다.

우리의 고리를 밟으려 한다거나, 뒤를 밟으려 할수록 그들 모두가 처참한 최후를 맞이할 것이다.

이제 전쟁은 시작됐다.

그리고 정의니 무엇이니 하면서 떠들어대는 백야의 모든 인원은 지금 이후로 최우선 척살 대상이 될 것이다.

사회를 좀먹는 해충 같은 존재를 살려두어선 안 되는 것이기 때문이다.]

3장
꼭두각시

"수고들 많았군."

"아닙니다."

"재밌었는데요, 클클클."

"뒤꽁무니만 쫓아다니며 답답해했을 놈을 생각하니 웃음이 절로 나오는 군."

"이건 말씀하신 자료들입니다. 자세하게 봐둔 녀석들이 많았습니다."

"그런가. 아무튼 다음 준비가 있기 전까지 휴식을 취하고 있도록 해."

"예, 알겠습니다."

신정우는 신상현과 김도원을 격려했다.

역시나 미친놈들다웠다.

당장에 CCTV 화면을 통해 김도원이나 정경호의 얼굴이 확보되었고, 전국에 수배령이 내려진 상태였지만 정작 당사자들은 개의치 않는 눈치였다.

주변의 시선으로부터 안전한 신정우의 개인 아지트에서 머물고 있을뿐더러, 여차해서 누군가가 자신의 뒤를 쫓는다 해도 죽여 버리면 그만이라 생각했기 때문이다.

자신감의 증거이기도 했다.

촤륵─ 촤르륵─

신정우는 신상현과 김도원으로부터 넘겨받은 문서와 영상 자료를 살폈다.

현성의 능력은 대단했다.

단거리를 빠르게 순간이동하고, 빨라진 속도로 단시간에 장거리를 주파한다.

전류, 바람, 불과 같은 다양한 공격 형태가 존재하는 데, 이것은 마치 판타지 소설 등에서나 보던 마법과 모습이 유사하다는 것이 내용의 골자였다.

굵은 빗줄기 사이로 찍힌 영상이긴 했지만, 현성의 공격 마법이 담긴 영상도 있었다.

엄밀히 따지고 보면 신정우 자신 역시 무협 소설이나 영화에 나오는 무공을 사용하는 건 마찬가지였다.

검술은 그 일부에 불과했다.

가장 기교 있게, 그리고 손맛이 나는 공격 방식이 검술이었기 때문에 검을 즐겨 사용했을 뿐이었다.

알면 알아갈수록 현성은 자신과 정반대의 위치에서 정반대의 수단으로 싸우고 있는 것처럼 느껴졌다.

보통내기는 아니겠지만 충분히 상대할 만한 적으로 느껴지기도 했다.

신정우는 이번 일을 통해 현성에게 큰 타격을 주었다는 점에 만족했다.

백야에 올라온 글이 그 증거였다.

직접 보지 않았어도, 녀석이 분노하고 있을 모습을 생각하니 통쾌했다.

하지만 그건 잠시일 뿐.

여전히 놈은 건재하게 살아있었다.

그리고 더욱 독기를 품었으니, 상대하기는 껄끄러워질 터.

신정우는 이참에 현성을 더 끌어내 볼 참이었다.

정의감에 사로잡힌 놈은 어떤 일이 발생하더라도 사람들을 구하기 위해 나설 것이 분명해 보였다.

이번 일은 그런 신정우의 추측에 대해 확신을 주는 것이었다.

즉, 현성을 꾀어내는 방법은 간단했다.

일반 사람들이 위험에 처할 가능성이 높은 상황을 만들어 주고, 나오지 않을 수 없도록 만드는 것이다.

드르르르륵—

그때, 전화가 울렸다.

발신자 이름을 보니, 이름 앞에 V가 적혀 있었다.

뱀파이어의 약자였다.

[V 신철수]

그는 현재 뱀파이어들 중에서 그나마 가장 영향력이 높아 새로이 리더의 자리에 오른 인물이기도 했다.

"무슨 일이야?"

—형님, 이번 일로 저희 녀석들 피해가 상당합니다. 특히 신촌 쪽으로 갔던 녀석들은 거의 죽었다고 들었습니다. 지켜 주시지 않은 겁니까?

신철수의 목소리는 다소 격앙되어 있었다.

신정우로부터 지원 요청을 받고 블랙 네트워크 내에서 뱀파이어의 입지를 좀 더 넓히기 위해 보냈던 새내기들이었다.

반대 의견도 있었지만, 신정우가 확실하게 뒤를 밀어주겠노라고 했던 만큼 믿고 보냈던 것이다.

하지만 돌아온 결과물이 좋지 않았다.

신상현이나 김도원 일행의 피해는 전무했는데, 뱀파이어들은 총 200명이 파견됐고 그중에 120명이 목숨을 잃었던 것이다.

행방이 묘연한 뱀파이어의 수까지 합치면 140명이었다.

"내가 지켜주지 않았을 리가 있나. 최우선의 보호 대상이었다. 하지만 녀석들은 우리의 통제를 따르지 않았어. 활동 반경을 제한하라고 했지만 너무 광범위하게 사람들을 공격했다. 그러는 사이 명령 전달 체계가 무너졌고, 악천후와 겹쳐 커뮤니케이션이 단절된 거지. 내가 거짓말을 하는 것 같은가? 그렇다면 살아 돌아온 녀석들에게 물어보면 될 거다."

—애들 말로는 아무 말도 없이 장소를 이탈했다고 들었습니다. 통보도 없이.

"내 진정성을 의심하는 것 같은데. 연락책을 담당했던 녀석들이 충분히 진위 여부를 가려줄 수 있을 텐데?"

—전부 죽어버렸습니다. 살아온 녀석들은 연락 담당이 아니었으니…….

냉랭한 신정우의 반응에 신철수는 당황한 듯 말끝을 흐렸다.

화가 나 전화를 걸긴 했지만, 막상 정황을 보니 살아 돌아온 녀석들의 말의 진위여부를 판단할 근거가 부족했다.

다수의 인원에게 직접 구두나 전화 연락을 할 수는 없었던 만큼, 각각 소규모 팀을 꾸리고 그 팀 안에 연락책을 편성해 두었었다.

그리고 김도원으로부터 명령이 떨어지면, 연락책이 그 명령을 전달하고 다음 과정을 수행케 하는 것이 조직의 짜임이었던 것이다.

하지만 이번 일이 끝나고 살아 돌아온 연락책 담당은 단 한 명도 없었다.

나머지는 연락을 기다려야 했거나, 어쨌든 받는 위치에 있었던 그런 녀석들이었다.

그러다보니 사실 여부 파악이 어려웠다.

"이건 너와 나의 신뢰의 문제다. 나의 지시, 그리고 도원이의 지시를 확실하게 따르지 않고 광란의 시간을 보낸 잘못을 저지른 것은 네 부하들이야. 그래도 나는 이것을 문제 삼지 않았다. 하지만 너는 내 진심을 의심하고 내가 네게 피해를 주려 했다는 것처럼 말하는 구나. 마치 그러길 바랐다는 듯이 말이야. 너희들이 나에게 필요하지 않은 것처럼… 그렇지 않나?"

더욱더 차갑게 가라앉는 신정우의 말투.

신철수는 신정우가 상당히 화가 나 있음을 알아차릴 수 있었다.

지금 이대로 뱀파이어 집단이 신정우의 눈 밖에 나면, 그나마 보호해 주던 울타리가 사라지게 된다.

신철수도 홀로 뱀파이어의 삶도 살아보고, 위험에도 빠질 뻔했던 만큼… 그런 일상을 반복하고 싶지는 않았다.

신정우는 신철수에게 자신이 추진하려는 몇 가지 일에 적극적으로 협조해 주면, 파밍 라인 복구부터 시작해서 충분히 먹고 살 수 있는 환경을 만들어주겠다고 했다.

실제로 신철수와 그의 집단이 은신하고 있는 거처도 신정우의 배려로 얻은 곳이었다.

그러는 와중에 되려 신정우의 노여움을 살 수도 있는 상황에 이르렀으니 신철수가 긴장하는 것은 당연했다.

서운함을 먼저 토로한 것은 신철수였지만, 대화를 하면서 상황이 역전됐다.

"나에게 더 이상의 신뢰가 없다면 떠나도 좋다. 말리진 않겠다."

신정우가 신철수를 거세게 몰아붙였다.

이쯤 되자 신철수도 꼬리를 내릴 수밖에 없었다.

―아닙니다. 제가 생각이 짧았습니다.

신철수가 고개를 숙였다.

신정우에게 찍히면 끝장이다.

현성 일행에 의해 아지트 열 곳과 뱀파이어 대다수가 소탕

된 이후, 그 세가 약해진 뱀파이어의 현주소였다.

그중에는 처지를 비관하고 목숨을 끊은 뱀파이어들의 수도 꽤 많았다.

독하게 살기엔 마음이 여린 불쌍한 녀석들이었다.

"자, 지금 우리끼리 다퉈서 좋을 게 없어. 철수 네 잘못이 아니다. 네 부하들의 잘못이고, 난 그걸로 네게 무언가 책임을 물을 생각도 없다. 우린 함께 나아가야 할 동반자이지. 그렇지 않나?"

―예, 형님.

"다음 이야기를 해보자고. 너희들의 시대가 오려면 너희들의 목숨을 집요하게 노리는 놈들을 잡아야만 하지. 바로 신촌에 나타났던 놈들인데 그들의 정보를 입수할 수 있었다. 남은 건 적당한 미끼를 던져 엮어내는 일이지."

―얻으신 정보가 있으십니까?

신철수의 두 눈에서 살기가 일었다.

자신이 아끼던 동생들을 죽음에 이르게 한 장본인.

현성과 뱀파이어 헌터 박 신부에 대한 적개심은 극에 달해 있었다.

감정이 격해지자, 어느새 신정우에 대해 가졌던 약간의 의심도 사라지게 되었다.

그 자리는 분노와 살기가 채웠다.

"커피 한잔하면서 이야기를 하지. 자세히 알려줘야 좋을 것 같으니 말이야."

─알겠습니다.

신정우가 신철수와의 통화를 갈무리 하며, 눈 앞의 두 사람에게 자신의 개인실을 가리켰다.

사무실에서도 가장 깊숙하고 어두운 곳에 있는 장소였다.

신상현과 김도원이 조용히 고개를 끄덕이고는 빠르게 자리를 옮겼다.

모락모락 김이 피어오르는 커피가 두 사람 앞에 놓이고.

치이이익─ 후욱─

신정우가 입에 문 담배에 불을 붙였다.

그리고 한 모금을 깊이 들이키고는 말을 이었다.

"지금 모든 힘을 모으면 어느 정도 동원이 가능할 것 같아 보이나?"

"제 관할 내에 있는 전력을 말씀하시는 겁니까? 아니면 연계해서라도 동원 가능한 전력을 말씀하시는 겁니까?"

"이왕이면 다다익선이겠지. 이번에는 불특정 다수를 타깃으로 하는 게 아니니까. 목표물은 정해져 있다. 백야의 리더다. 이미 필요한 정보는 입수했다."

"놈이 목표입니까?"

"살려두는 시간이 길어질수록 골치 아파질 놈이지. 미리 죽여 없애야 너희들이 활동 무대도 다시 되찾을 수 있다."

"잠시 시간을 주시겠습니까?"

"얼마든지."

신정우가 고개를 끄덕였다.

신철수는 자신의 스마트폰에 정리해 두었던 메모를 차근차근 살피기 시작했다.

시선은 한참 동안 스마트폰 화면에 고정 되어 있었다.

신정우는 마침 방 안의 테이블에 놓여 있던 볼펜을 손가락 위에서 움직이며, 시간을 보냈다.

신철수에게는 그럴 듯한 말로 둘러댔지만, 신정우는 이참에 껄끄러워진 뱀파이어들을 총알받이 삼아 현성을 노려볼 계획이었다.

뱀파이어들 중에 자신의 능력을 각성한 부류는 전체의 0.1%도 될까 말까 했다.

신상현이 특별한 경우였다.

대부분은 흡혈에 대한 욕구를 가진 채로 아주 약간의 육체적인 능력 향상 정도를 경험한 것이 고작이었다.

그 단적인 예가 신촌에서 있었던 주점 앞에서의 다툼이었다.

성인 장정이 작정하고 덤비니 뱀파이어들이 오히려 죽어

나갔던 것이다.

애초에 신정우가 뱀파이어 조직과 손을 잡고, 김성희를 관리자로 두어 관계를 유지했던 것은 자신의 계획에 쓸모가 있다고 여겼기 때문이었다.

더 나아가 스승 적혈마선의 꿈을 이루기 위해서이기도 했다.

세상이 적혈마선의 무공을 전수 받은 신정우의 발아래에서 두려워하는 것.

그것이 스승이 바라던 바였다.

하지만 뱀파이어들은 효과적인 도구조차 되어주지 못했다.

그래서 신정우는 최대한 이용할 수 있는 만큼 이용한 뒤, 버릴 생각이었다.

신철수는 그것도 모른 채, 신정우의 꼬임에 넘어가 다음 작전에 협조할 계획을 세우고 있는 것이다.

"후후."

자신의 뜻대로 움직여주는 장기말과 같은 존재들.

신철수를 보니 딱 그런 생각이 들었다.

차포를 잡기 위해 아무렇지 않게 버릴 수 있는 졸 같다는 생각이었다.

물론 본인은 자신이 상대에게 차이고 포이길 바라겠지만

말이다.

"각 지부별로 네트워크는 구축이 되어 있습니다. 그중에서 쓸 만한 애들을 추리면 400명 정도는 될 것 같습니다. 여자들이라던가, 싸울 의지가 없는 놈들은 모두 제외하고 말입니다. 의욕적인 놈들이 꽤 있습니다."

400명.

적지 않은 수였다.

오히려 많다 싶을 정도였지만, 다다익선이었다.

총알받이가 많을수록 자신과 신상현, 김도원이 뛰어놀 판이 커지는 것이다.

"생각보다 수가 많은걸?"

"그렇습니다. 하지만 예전만 못하지요. 단독 활동을 하거나, 도망친 녀석도 꽤 되니까요. 아지트에 머물다간 언제 죽을지 모른다는 생각들을 하고 있는 것 같았습니다. 후우."

신철수가 한숨을 내쉬었다.

그는 뱀파이어 조직의 와해를 걱정하는 인물 중 하나였다.

자신이 뱀파이어가 된 운명을 받아들였고, 평범하게 살 수 없음을 깨달았던 것이다.

하지만 그 시기가 좋지 못했다.

이미 단물이 빠질 대로 다 빠지고, 마지막 단물을 뽑아내려 하는 사람이 눈앞에 있는 것이다.

그것도 모른 채, 개미지옥의 달콤한 냄새를 맡고 죽을 자리를 향해 스스로 들어가는 개미의 꼴이 되고 있었다.

"이번에 확실한 성과를 거두면, 그때는 전폭적으로 지원해 주도록 하지. 놈만 사라지면 두려울 게 없다. 네가 원하는 세상을 만들어 볼 수도 있어. 뱀파이어들이 이끄는 세상, 재밌을 거 같지 않나? 원하는 여자도 취하고, 뭘 하든 자유로운 것 말이야. 후후후."

"그게 쉽게 되겠습니까?"

"우린 무서울 게 없다. 남들과 다른 특별한 힘을 가졌잖나."

화아아아아아아악!

신정우가 두 눈에 힘을 주며, 전신에서 강력한 살기를 뿜어냈다.

순간 신철수가 움찔거리며 몇 걸음을 뒤로 물러날 정도의 엄청난 살기였다.

시이잉— 시이잉—

신정우의 몸을 중심으로 푸른빛의 기운이 빠르게 회전하고 있었다.

마치 날카로운 바람의 창(槍) 같은 것이 몸을 감싸며 돌고 있는 것 같았다.

가까이 다가갔다가는 모든 것이 베여져 나갈 것 같은 느낌.

신철수는 새삼 다시 한 번 신정우의 힘을 느꼈다.

그는 이미 특별함의 범주를 넘어선 존재였다.

신철수는 신정우가 아군이라는 사실에 안도했다.

그리고 이런 사람을 적으로 둔 그들의 최후는 반드시 죽음으로 이어지리라 믿었다.

이번 작전은 그 믿음의 끝을 볼, 마지막 행동이라고 생각하고 있었던 것이다.

"제가 할 일을 알려주십시오."

"목요일 자정. 놈의 주거지 주변을 일제히 공격할 것이다. 눈에 보이는 모든 사람을 마음대로 해도 좋다. 그리고 놈이 나타나면 내가 직접 상대할 것이다. 걱정하지 마라. 내가 뒤를 봐줄 테니."

"옛. 알겠습니다. 형님을 위해 최선을 다하겠습니다."

신철수가 결의에 찬 목소리로 고개를 숙였다.

"고맙다. 이제 확실하게 끝을 보자."

신정우는 그런 신철수를 격려하며 어깨를 두드려 주었다.

진심이라고는 단 1%도 없는.

오로지 신철수를 이용하기 위한… 영혼 없는 말일 뿐이었다.

하지만 이 어리석은 영혼은… 도살장에 끌려가는 돼지처럼 최후를 알지 못하고 있었다.

*   *   *

"애초에 처음부터 뱀파이어들은 우리의 움직임을 방해하기 위한 수단이었습니다. 우리가 그냥 지나칠 수 없다는 것을 알고 있으니까. 그래서 방패로 쓴 거죠."

신촌에서의 비극적인 사건이 벌어진 이후.

현성은 자책했다.

너무 많은 사람이 죽었다.

전쟁터도 아닌, 대한민국의 길거리 한복판에서 아무 이유도 없이 사람들이 죽어간 것이다.

하루 동안 현성은 그 누구와도 마주치지 않고, 자기만의 시간을 가졌다.

생각을 가다듬고 싶었다.

이미 지난 시간을 되돌릴 수는 없다.

냉정하게 벌어진 현실을 받아들이고, 다시는 그 아픔이 반복되지 않도록 해야만 했다.

그렇게 자가 치유의 시간을 갖고 나서야 현성의 마음에 어느 정도 안정이 찾아왔다.

그리고 냉철하고 면밀하게 상황을 점검하고 있었던 것이다.

현성은 신정우의 비겁함에 분노했다.

이런저런 정황을 살펴봐도 놈은 직접 나오지 않은 게 확실했다.

놈은 장검을 즐겨 쓴다.

하지만 현장에 나타났던 녀석들은 뛰어난 육체적 능력을 바탕으로 단검이나 대검, 혹은 자신만의 능력을 이용해 사람들을 유린했다.

문제는 그 핵심인물들은 현성이 나타나자 빠르게 현장을 이탈했다는 것이었다.

하지만 뱀파이어들은 현장을 떠나지 않고 쾌감에 취해 날뛰다가 현성 일행에 의해 죽임을 당했다.

함께 행동했는데 결과는 달랐다.

현성은 정황만 놓고 보더라도 블랙 네트워크, 즉 신정우와 그의 부하들이 뱀파이어를 이용했을 가능성이 높았을 거라 생각했다.

그리고 이번에 이런 방식으로 재미를 본 만큼, 다음에도 같은 수를 쓸 가능성이 높다고 판단했다.

문제는 이 방법에 맞설 좋은 해법이 없다는 것이었다.

신정우의 아지트가 파악된 것도 아니었고, 정보원이 알 수 있는 정보에도 한계가 있었다.

언제 어디서 그들이 움직일지는 예측할 수는 없는 것이다.

"확실한 건, 뱀파이어가 이용당하고 있다는 거죠."

현성이 생각을 다시 한 번 정리한 뒤 말을 이었다.

최선이 없다면 차선, 차선이 안 되면 차악을 선택하는 게 순서였다.

지금으로서 최선의 방법은 선공으로 움직일 여지를 만들지 않는 것이지만, 그것은 불가능하다.

차선의 방법은 사건 발생 직후 바로 개입할 수 있도록 하는 것이지만, 그 역시 시공간적인 문제가 있었다.

현성도 소식을 접하고 텔레포트를 통해 이동하려면 빨라도 10분 이상이 소요되기 때문이었다.

그 다음이 차악이었다.

좋은 방법은 아니지만, 그래도 선택할 수 있는 선택지.

"뱀파이어가 바보가 아닌 이상, 이용당하고 있다는 사실을 알기 시작하면 분명 블랙 네트워크로부터 돌아서거나 혹은 더 이상 협조하지 않게 될 겁니다."

"저도 그렇게 생각합니다. 어쨌든 우리는 지금 뱀파이어를 상대하고는 있지만, 리나 양이 준비하고 있는 부분들을 고려해 보면… 사실 뱀파이어에게 도움을 줄 잠재적인 가능성도 가지고 있는 것이 아닙니까?"

박 신부가 현성의 말을 받았다.

"그래서 우리가 할 수 있는 선택은 어떤 상황이 벌어졌을 때, 뱀파이어들과 연계하여 협력하는 데 전력을 다한다는 것입니다. 물론 그러는 와중에 블랙 네트워크 소속의 다른 존재를 만나면 상대해야겠지만요. 어차피 놈들이 뱀파이어를 방패로 쓸 생각을 했다면, 우리랑 정면승부를 하려고는 하지 않을 겁니다."

현성은 신정우의 의도를 꿰뚫어 보았다.

옆에 신정우가 있었다면 박수와 함께 맞장구를 쳤을 추측이었다.

어차피 빠져 나갈 녀석들이라면 굳이 쫓으려 할 필요는 없다는 게 현성의 판단이었다.

물론 이로 인해 또 죄 없는 일반인이 희생될지 모른다.

하지만 그건 불가항력(不可抗力)이었다.

그들을 쫓는다고 해서 희생이 발생하지 않는 것이 아니었다.

그렇다면 현성은 최대한 빠르게 블랙 네트워크와 뱀파이어 사이에 여전히 존재하고 있는 유대 관계를 깨부수는 게 우선이라고 생각했다.

"믿을 만한 정보에 따르면, 이미 뱀파이어 조직 내에서도 온건과 강경 성향이 갈리는 것 같습니다. 실제로 다툼이 좀 있었다고도 하고요. 다만 특이점이 있다면 활동하는 인원이 현저히 줄었다고나 할까요. 자취를 감춘 인원이 꽤 된다고 합니다."

옆에서 묵묵히 현성과 박 신부의 이야기를 듣고 있던 강민이 자연스럽게 대화에 들어왔다.

나머지 6명의 남매는 휴식을 취하는 중이었다.

신촌 사건 당일, 현성이 부지런히 김도원의 뒤를 쫓는 동안 신촌과 합정역 일대를 누비고 다니며 격전을 치렀던 동료들이었다.

전투가 끝나고 났을 때, 온몸이 피칠갑이 되지 않은 사람이 없을 정도였다.

그들은 뱀파이어를 극도로 경멸했다.

현성과 박 신부가 가지고 있는 감정 그 이상이었다.

7남매에게 걸린 뱀파이어는 시체마저 성하지 못했다.

머리가 으깨어지고, 목이 비틀리고, 창자가 배 밖으로 쏟아지고 나서야 비로소 최후를 맞이했던 것이다.

"그나저나 다음 타깃은 어디가 될까요. 그 이후로 정말 잠잠하군요."

박 신부가 스마트폰으로 확인 가능한 블랙 네트워크의 홈페이지를 보며 말했다.

기세를 올려 몇 날 며칠을 날뛸 거라 생각했지만, 숨을 고르는 모습이었다.

현성은 반응을 즐기고 있는 것이라 생각했다.

지금 매스컴은 온통 신촌 사건에 대한 보도뿐이었다.

거기에 정치권에서 좌우 논리, 종북 논리에 빠져 치고받고 있으니 더욱 가관이었다.

정확한 상황도 알지 못하면서 전문가랍시고 등장한 사람들은 각종 음모론을 쏟아냈다.

차라리 북한의 남파 간첩설, 무장 공비설은 현실적으로 들릴 정도였다.

일부 전문가들은 그들이 외계인이라고 주장하기도 했다.

현성은 자신이 직접 논란을 종식시키고 싶었다.

이들은 전부 자신이 등장하던 그 시점에 시공의 균열이 무너져, 다른 세계의 존재가 만들어 낸 산물이라고.

하지만 이것을 증명할 방법은 없었다.

자신의 능력을 보여주면 설득은 할 수 있겠지만, 그것으로 문제가 해결되는 것이 아니었다.

오히려 현성의 특별한 능력을 악의적으로 이용하려 하거나, 이슈화시키려는 사람들에게 보기 좋은 먹잇감만 될 것이 분명했다.

범인(凡人)이 아닌, 특별한 존재가 거리를 활보하고 있다는 사실을 '추측' 하는 것과 '확신' 하는 것은 다르다.

어쩔 수 없다면 전자가 나았다.

후자가 되면 사람들의 공포는 더욱 커질 것이고… 최악의 경우에는 정말 블랙 네트워크의 뜻과 목적에 동조하는 사람이 늘어날 가능성도 컸다.

현성은 이 싸움을 길게 끌고 가고 싶지 않았다.

로키스와도 나눴던 이야기처럼.

자신의 죽음으로 모든 상황을 끝낼 수 있다면, 그것도 나쁘지 않겠다고 생각했다.

신촌, 합정 사건 이후.

백야 홈페이지를 찾는 인원은 더욱 늘었다.

우려와는 달리, 백야를 비난하는 사람들은 없었다.

테러리스트, 그러니까 블랙 네트워크의 테러가 언제 일어날지 알 수 없었던 것이 너무나도 당연했기 때문이었다.

사람들은 블랙 네트워크의 본질에 대해 성토했다.

그리고 신촌과 합정 일대에서 현성 일행의 분투를 목격했던 목격담을 남겼다.

장대비가 쏟아지는 한밤중이긴 했어도, 아무도 못 본 것은 아니었기 때문이다.

사람들은 응원을 아끼지 않았다.

주변에 수상한 낌새가 보이면 지체하지 않고 신고하겠다는 사람들도 꽤 있었다.

하지만 여전히 블랙 네트워크에 대한 두려움은 버리지 못하고 있었다.

이번 일로 두려움이 더 커진 것이 사실이었다.

실제로 사건 이후, 신촌과 합정역 일대는 사람이 크게 줄었다.

지하철을 즐겨 이용하던 사람들도 해당 역에서는 내리거나 탑승하길 꺼렸다.

지나가는 사람들을 수상쩍게 보는 사람들도 늘었다.

불특정 다수를 공격했던 그들이다.

지금 내 옆에서 걷고 있는 사람이 블랙 네트워크 소속의 사람이 아니라는 보장이 없었다.

차라리 뱀파이어는 본 모습을 드러냈을 때 보이는 외형이 사람과 다르고, 낮에는 다닐 수 없으니 괜찮았다.

하지만 '그들'은 달랐다.

낮에도 거리를 활보할 수 있고, 평범한 사람의 모습을 하고 있다.

그러다 한순간에 돌변하여 살인을 저지르고, 유유히 현장을 떠나는 것이다.

그 사건으로 합정역, 홍대입구역, 신촌역, 이대입구역으로 이어지는 2호선 라인이 유령 도시처럼 변했다.

번화가를 따라 늘어선 상점 중 장사를 그만두는 곳도 생겼다.

당장에 돈을 버는 것도 중요하지만, 언제 개죽음을 당할지 모른다는 두려움이 가장 큰 요소였다.

경찰은 치안 병력을 대폭 늘리고, 검문검색을 강화하겠다고 했지만 그것을 믿는 사람은 아무도 없었다.

경찰들이 손 한 번 써보지 못하고 개죽음을 당한 전적이 이미 있는데, 또다시 당하지 말라는 법이 없었기 때문이다.

실제로 거리를 순찰하는 경찰의 모습을 보면 어딘가 불안해 보이는 구석이 많았다.

민중의 지팡이니, 정의의 지팡이니 해도 결국 경찰도 인간이었다.

자기 목숨을 소중히 여기지 않는 사람이 어디 있을까.

경찰 또한 당장에 집에 돌아가면 한 집안의 가장이 되고, 누군가의 어엿한 아들딸이었다.

*   *   *

목요일 밤.

현성은 자신의 집에서 휴식을 취하고 있었다.

아니, 휴식이라기 보다는 창가를 서성이며 계속 생각에 잠겨 있었다.

저 멀리 자신이 예전에 살던 옥탑방이 눈에 들어왔다.

지금은 텅텅 빈 집이 되었지만, 생각해 보면 추억이 많이 담긴 곳이기도 했다.

"스승님?"

현성이 나지막한 목소리로 두 스승을 불렀다.

로키스의 등장 이후, 스승의 목소리를 들은 지가 좀 되었다.

확실히 드래곤이라는 존재는 인간이 가까이 하기 힘든 상대인 듯싶었다.

─후후, 갑자기 무슨 바람이 불어 우릴 불렀느냐?

"오! 바로 답을 하시는 군요?"

─계속 지켜보고 있다, 제자야.

"로키스 님은……?"

─잠시 외출 중이시다. 가져올 것이 있다면서 떠나셨으니까.

─갑자기 무슨 일이니?

"오, 스승님!"

일리시아의 목소리도 들렸다.

늘 들었던 목소리인데 오늘따라 더 반가웠다.

로키스가 '불편한 진실' 을 알려준 이후, 두 스승은 뭔가 자신에게 말을 할 때마다 조심하는 눈치였다.

"그냥 스승님 목소리가 듣고 싶었습니다. 꼭 이유가 있어야만 찾는 건 아니니까요."

　ー도움이 필요하니?

　일리시아가 넌지시 물었다.

　자르만, 일리시아, 로키스 모두 현성을 통해 신촌ー합정 살인 사건을 목격했다.

　제자가 살고 있는 세상은 치안이 잘 잡혀있고, 워낙에 정보화 시대이다 보니 살인을 저지르면 도망치기가 쉽지 않다고 했다.

　자르만의 세계는 살인을 저지르고 난 뒤, 무인도나 깊은 산속에 숨어들면 다수의 인원을 동원하여 오랜 기간 찾지 않는 이상 도주한 용의자를 찾는 게 쉽지 않았다.

　하지만 제자인 현성의 세계는 달랐던 것이다.

　그러다 보니 살인 사건이 일어나 누군가가 죽은 것만으로도 사회적인 이슈가 되고, 많은 사람의 관심을 받게 된다고 했다.

　그런 세상에서 단시간에 1000명이 넘는 사람이 희생됐다.

　그 충격과 두려움의 무게가 얼마나 될지는 굳이 말하지 않아도 느낄 수 있었던 것이다.

　"아닙니다. 제가 해결해야 하는 일인걸요."

　현성이 고개를 저었다.

　두 스승을 만나게 된지도 꽤나 흐른 시간이었다.

아주 가끔은 두 스승의 얼굴을 직접 보고 싶었던 적도 있었다.

내가 모시고 있는 스승의 모습은 어떠한지, 어떤 사람인지 직접 두 눈으로 보고 느끼고 싶을 때가 있었다.

아쉽지만 이 고난의 끝을 보더라도, 두 스승은 볼 수 없을 것이다.

현성은 그래서 아쉬웠다.

자신의 인생에 가장 결정적인 터닝 포인트를 제공해 준 두 사람을 만날 수 없음이.

—볼수록 네 적수의 악랄함을 느끼게 되는구나.

자르만이 운을 뗐다.

현성이 생각하는 그대로를 자르만도 느끼고 있었다.

세상의 모든 사람을 인질로 잡은 자.

그리고 그자로부터 사람들을 구해야만 하는 자.

누가 봐도 후자가 불리했고, 그 후자가 제자 현성이었다.

"머리가 아프네요."

현성이 손에 들고 있던 커피를 쭉 들이켰다.

그리고 아무 생각 없이 창밖을 바라보았다.

잠깐이나마 모든 걸 잊어보고 싶었다.

그냥 인간 정현성으로서 세상을 바라보고 싶었다.

모든 것이 편안하게 보였다.

놀이터에서 뛰노는 아이들은 한없이 행복해 보였고, 도로를 따라 움직이는 차들은 각자 퇴근길의 행복에 젖어 집으로 향하는 것 같았다.

산책을 하는 사람의 모습에서는 생활에 대한 여유로움이 묻어나고 있었고, 저 멀리 보이는 아파트 단지의 5일장에서는 저마다의 삶이 어우러져 정겨운 풍경을 만들어내고 있었다.

하지만 생각을 다르게 하고 보니 모든 풍경이 이번에는 어둡게 보였다.

부모 없이 뛰노는 아이들에게서는 외로움이 묻어났고, 도로의 수많은 차에서는 그저 돈 버는 기계로 전락해 버린 사람들의 애환이 보였다.

저들 중에 어쩌면 이번 사건으로 가족이나 친척, 지인을 잃은 사람이 있을지도 모를 일이다.

─더 이상의 도움을 줄 수 없어 미안할 따름이구나. 제자야. 면목이 없단다.

일리시아의 목소리에서는 미안함이 가득 묻어나고 있었다.

로키스는 현성에게 모든 마법을 전수한 날 이후로 자르만과 일리시아의 귀에 못이 박히도록 '책임론'을 강조했다.

그는 생각과는 달리 인간적인 면이 많은 드래곤이었다.

말은 모난 구석이 많게 해도, 정작 그 말들을 곱씹어보면 전부 옳은 말인 경우가 많았다.

미사여구를 섞거나 돌려 말할 줄 모르는 로키스의 성격 때문에 사납게 들렸을 뿐이었다.

그 이후, 두 사람은 크게 반성하고 있었다.

결론은 하나였다.

애초에 이런 실험조차 꿈꾸지 않았어야 한다는 것이었다.

그래서 제자에게 먼저 말을 걸기도 조심스러워졌다.

벌어진 상황에 대해서 무언가를 논하는 것도 제자를 민감하게 만드는 것이라 생각했다.

때문에 두 사람은 얼마 전까지 현성에 대해 모은 자료를 다시 한 번 정리하면서, 일목요연하게 내용을 갖춰가는 중이었다.

아주 사소한 기억까지도 모두 끄집어내어 기록에 남기는 중이었던 것이다.

"아닙니다. 부담 갖지 마세요. 잠시 분위기 전환을 하려던 차에 스승님이 생각나서 말을 걸었습니다."

현성이 말을 끝맺으며 커피를 한 모금 더 들이켰다.

담배를 피울 줄 알았다면 담배가 딱 어울릴 것 같은 상황이었다.

"바람이나 좀 쐬어볼까."

집 안에 있으니 그것대로 답답했다.

현성은 자신의 옛집을 돌아보며 생각이나 정리할 요량으로 밖으로 나서기로 했다.

산책하며 생각에 잠기는 것.

현성이 가끔 울적하거나 머리가 복잡할 때면 주로 쓰는 방법이기도 했다.

*   *   *

옥탑방이 위치한 곳은 해가 떨어진 초저녁만 되도 인적이 드물어지는 곳이었다.

최근 다른 곳으로 이사를 가는 사람이 많아지면서, 이쪽은 불과 반년 전에 비해 살고 있는 사람이 6할 수준으로 줄어들어 있는 상태였다.

자정을 코앞에 둔 시간.

길거리를 다니는 사람은 거의 없었다.

살인 사건으로 세상이 흉흉한 만큼, 이 야심한 시간에 어두운 길거리를 다닐 사람은 없었다.

저벅— 저벅—

현성은 조용히 길 위를 걷고 있었다.

희미한 가로등 불빛이 눅눅하게 느껴졌다.

보고만 있어도 어깨가 축 처질 것만 같은 느낌.

"……."

굳게 다문 입에선 산책을 하며 흥얼거릴 법한 노랫소리도 나오지 않았다.

현성은 시간을 거슬러 올라가, 과거의 기억을 되짚는 중이었다.

옥탑방은 현성에게 있어 시련과 고난, 그리고 희망을 상징했던 그런 곳이었다.

부모님을 잃고 힘들게 살아왔던 삶.

새로운 생활에 혼자 부딪히며 깨지고, 무너지고, 힘들어했던 삶.

그리고 어느 날 생각지도 못한 힘을 얻어, 인생 대역전의 발판이 되었던 삶.

그 모든 삶에는 옥탑방이 교집합으로 있었다.

그래서 특별하게 느껴지는 이곳이었다.

그렇게 길을 따라 얼마쯤을 걸었을까.

"……!"

길거리에서 벗어나 좀 더 깊숙한 골목으로 접어들려 하는 순간, 이상한 느낌이 들었다.

예전에 택배 상하차 일을 하던 당시, 늘 출퇴근길로 사용하던 그 길로 향하려던 찰나였다.

등 뒤.

정확히 말하자면 등 뒤에 보이는 야산 쪽에서 음험한 살기
가 느껴졌다.

어두운 한밤중의 산이기 때문에 느껴지는 기운이 아니었
다.

현성은 알아차릴 수 있었다.

이 느낌이 사람의 느낌이라는 것을.

"블링크."

현성이 눈에 띄지 않게 어두운 곳에서 빛이 닿지 않는 곳으
로 몸을 옮겼다.

딸깍.

동시에 스마트폰을 열었다.

그리고 박 신부의 번호가 입력된 단축키를 눌렀다.

─여보세요.

"옥탑방 쪽으로."

현성이 짧게 말을 끊었다.

─알겠습니다.

그 말로도 충분했다.

현성으로부터 어떤 장소에 대한 메시지를 전달받는 것은
그쪽에 문제가 생겼음을 뜻하기 때문이었다.

박 신부는 마침 자신과 함께 있던 7남매를 이끌고, 지체 없

이 현성이 살던 옛 옥탑방 쪽으로 향했다.

현성은 어둠 속에서 숨을 죽인 채, 이 수상한 살기의 정체가 무엇인지 살피기로 했다.

한두 명에게서 느껴지는 그런 살기가 아니었다.

엄청난 무리에게서 느껴지는 살기.

마치 어둠 속에 모습을 숨기고 있는 맹수들처럼, 그 느낌이 저 야산에서 뿜어져 나오고 있었다.

*   *   *

"이번에는 확실히 지난번의 실수를 만회하는 것이다. 내 명령에만 따르면 된다. 개별 행동이나 허가되지 않은 행동은 금한다. 길거리나 시가지로 나갈 것 없어. 여기서만 재미를 보고 빠지는 거다. 저기에 그놈이 살고 있다고 했으니까… 놈이 나타나지 않더라도 상관없겠지만."

현성의 예상이 맞았다.

목요일 자정을 앞둔 시간.

신철수는 350명 정도의 뱀파이어를 데리고, 인근의 야산에 숨어 있었다.

야산이라고는 해도 워낙에 넓은데다가 수풀이 빽빽해 속이 잘 들여다보이지 않았다.

게다가 가로등 불빛도 희미한 그런 곳이다 보니, 은신에는 최적이었다.

오히려 수가 많은 느낌이었다.

이 동네에 살고 있는 사람을 다 합쳐도 뱀파이어의 숫자만 못할 것 같았다.

아무래도 상관없었다.

신정우는 이 동네를 깨끗이 '청소' 하라고 했다.

그리고 현성을 위시한 백야의 패거리가 나타나면 적당히 시간을 지연시키라고 했다.

그러면 자신이 나서서 놈을 제거하고 오랜 다툼의 종지부를 찍겠다는 것이다.

신철수는 의욕에 가득 차 있었다.

이번에만 일이 잘 마무리 되면 신정우의 신뢰를 더 받게 될 것이고, 뱀파이어 세력도 다시 안정화될 것이다.

그러면 잃어버렸던 아지트부터 시작해서 파밍 라인도 재구축하고, 신정우의 지원 아래 열심히 돈도 벌어 볼 생각이었다.

어느덧 자정이 1분 전으로 다가오고.

뱀파이어들은 각자의 시계를 보며 움직일 때를 기다리고 있었다.

어두운 밤이기는 해도 350명이나 되는 인원이 모여 있으니 점점 잡음이 나고 있었다.

원래 예정대로면 420명 정도가 왔어야 했지만, 막판에 70명이 불참했다.

참여한 이들 중에서도 반강제적인 느낌으로 온 인원도 꽤 되었다.

이유는 신정우가 더 이상 자신들을 믿거나 힘을 실어주려 하지 않는 것 같다는 것이었다.

신철수는 단호히 고개를 저었지만, 생각보다 반대 의견을 가진 뱀파이어가 많았다.

좀 더 강경한 의견을 가진 뱀파이어들은 아예 신철수를 리더로 인정할 수 없다고 하기도 했다.

너무 물러 터졌다는 것이다.

신정우의 말이라면 몸이라도 팔 것 같다는 폭언도 서슴지 않았다.

비교적 온화한 성격의 신철수도 자존심이 없는 것은 아니었다.

욱하는 마음에 한바탕 싸움이 벌어질 뻔하기도 했지만, 겨우 참고 온 이 자리였다.

신철수는 보란 듯이 여기서 신정우의 신뢰를 받고, 이를 백그라운드 삼아 뱀파이어 세력 전체를 장악할 생각이었다.

신철수는 신정우를 믿었다.

그렇기에 이 엄청난 인원을 이끌고 작전에 참여하게 된 것이다.

딸깍.

시계 바늘이 자정에 멈추는 순간, 바늘이 내는 특유의 소리가 신철수의 귀에 들렸다.

"가자!"

신철수의 목소리가 터져 나왔다.

그러자 미풍에 살살 흩날리는 수준이었던 수풀이 어지러이 움직이기 시작하며, 그 속에서 뱀파이어의 모습을 드러냈다.

아무것도 없는 듯 했던 야산은 순식간에 수백 명의 뱀파이어를 거리로 쏟아내고 있었다.

"이놈들, 설마……."

현성이 입술을 깨물었다.

곧 또다시 어디선가 일이 터질 것이라는 것은 알았지만.

수상한 살기를 느꼈을 때, 예상은 했지만.

이곳을 타깃으로 삼은 신정우의 악랄함에 다시금 분노가 치밀었다.

여기에 사는 사람은 정말 하루하루 빠듯하고 고단한 삶을 살아가는 사람들이었다.

하루를 벌어 하루를 사는, 오늘만을 힘겹게 살아가는 그런 사람들이 사는 동네였다.

이미 두 눈으로 상황을 모두 목격한 현성이었다.

수적 열세는 중요하지 않았다.

파앗!

현성의 생각보다 더 빠르게 몸이 나섰다.

헤이스트를 시전한 현성은 거리를 질주하며, 빠르게 가까워져오는 뱀파이어들의 한복판으로 향했다.

4장
신정우와의 조우

"놈이 미끼를 물까요?"

"물지 않으면 물때까지 낚싯대를 드리우면 되겠지. 그런데 생각보다 낚시가 빨리 끝날 것 같군."

그 시각.

신정우와 신상현이 야산의 한편에서 동네를 내려다보고 있었다.

점점 가까워져 가는 뱀파이어들.

한데 저 멀리, 신정우가 손가락으로 가리키는 곳에서 한 개의 인영이 빠르게 뱀파이어에게로 접근하고 있었다.

"오… 저런 게 가능하군요?"

"그래서 위험한 놈이지."

신상현이 신기한 눈빛으로 현성을 살피고 있었다.

멀리서 보기에도 꽤 먼 거리였지만, 현성은 단숨에 그 거리를 좁히며 뱀파이어 무리 사이로 향하고 있었다.

신상현도 뱀파이어적인 능력을 최대로 각성한 상태였지만, 저렇게 육체가 버텨낼 수 있는 한계치 이상을 이동하는 것은 불가능했다.

김도원은 이 자리에 없었다.

신정우가 직접 나섰기 때문이기도 했지만, 지나치게 흥에 취한 나머지 일을 그르치는 것을 막기 위해서였다.

적당히 현성이 싸울 법한 느낌, 그러니까 도망치지 않고 싸울만한 적수 정도여야 붙잡아두기가 쉬울 터.

신정우는 상황의 추이를 지켜보다가 난전 상황이 되었을 때, 신상현을 투입하고 더더욱 난전을 유도하면서 그 사이에 현성의 목숨을 노릴 생각이었다.

시이이잉—

신정우가 든 적혈신검이 달빛에 붉게 빛났다.

"한 가지 궁금한 점이 있습니다. 여쭤 봐도 되겠습니까?"

신상현이 살짝 운을 뗐다.

"말해 봐."

신정우는 현성에게 시선을 놓지 않은 채로 고개를 끄덕였다.

"왜 처음부터 놈을 직접 상대하지 않으셨던 겁니까?"

"확신이 들지 않았으니까. 내가 얻은 이 엄청난 힘과 능력을 자칫 잘못해서 경쟁자에게 잃게 된다면, 그것보다 더 큰 손해가 없겠지. 군이 승부를 서두를 필요가 없지. 어차피 유리한 건 나였고, 그건 지금도 마찬가지니까."

"승부를 볼 때가 되면, 확실하게 끝을 보시겠다고 마음먹으신 거군요."

"그렇지."

신정우의 시선은 현성에게 계속 고정되어 있었다.

이미 교전이 벌어지고 있었다.

우르르 몰려들기 시작한 뱀파이어의 한복판에서 현성이 나타났다.

순식간에 사방에서 불길이 치솟기 시작했다.

전류장이 발출되거나, 바람의 기운이 퍼져 나가거나 불길이 터져 나올 때마다 뱀파이어가 튕겨져 나갔다.

하지만 뱀파이어들은 이에 아랑곳 하지 않고 빠르게 골목길로, 주택가로 스며들고 있었다.

"움직일까요?"

신상현이 물었다.

현성이 나타난 만큼 슬슬 난전으로 끌고 갈 필요가 있었기 때문이다.

"아니, 좀 더 지켜보지."

"괜찮겠습니까? 뱀파이어들의 반응이……."

"이 정도로 겁을 집어먹고 빠질 무모한 놈들은 아니다. 내가 없으면 안 되는 놈들이니까."

신정우가 자신 있는 목소리로 말했다.

신정우는 신철수의 약점을 알고 있다.

자신에게 버림받는 것을 두려워한다는 것.

그것 하나면 충분했다.

신철수가 직접 현장에 나선 만큼, 더욱 충실하게 자신의 명령을 수행해 줄 것이다.

"하지만 언제든 놈을 공격할 수 있도록 준비해 두는 건 좋겠지. 위치를 조금 앞으로 이동해 볼까."

"예, 알겠습니다."

신정우의 말이 끝나기가 무섭게 신상현이 신속하게 움직였다.

허공에 몇 번 손짓을 하자, 수풀 속에 완벽하게 몸을 숨기고 있던 신상현의 부하들이 빠르게 움직였다.

"꺄아아아악!"

그때.

저 멀리서 비명 소리가 들려왔다.

드디어 뱀파이어들에게 희생된 사람 하나가 등장한 것이다.

이제 현성은 빼도 박도 할 수 없게 되었다.

신정우는 서두를 생각이 없었다.

놈의 힘이 빠지길 기다리고 기다린 뒤, 지친 놈을 단숨에 제거하는 것.

그것이 오늘 작전의 목표이고 핵심이었다.

*   *   *

"저놈이 그놈이야! 죽여! 죽여 버리라고!"

신철수가 소리쳤다.

뱀파이어들은 집요하게 현성의 발목을 붙잡고 있었다.

이미 일부 뱀파이어는 주택가로 들어가, 희생자를 만들어내고 있었다.

제아무리 현성이 뛰어난 능력을 가졌다고 해도 순식간에 여러 곳에서 발생하는 문제를 처리할 수 있는 것은 아니었다.

게다가 뱀파이어들은 이미 앞선 신촌 사건 당시에 있었던 현성의 공격 패턴을 어느 정도 숙지했는지, 죽자 사자 최대한 가까이 달라붙어 현성을 괴롭히고 있었다.

이유는 간단했다.

현성이 마법 공격을 퍼붓는다고 했을 때, 가까이서 피격을 당할수록 그 후폭풍이 현성 자신에게도 돌아가기 때문이다.

헬 파이어나 파이어 볼 같은 공격 마법은 일격에 뱀파이어를 죽일 수 있는 효과적인 도구였지만, 근접해서 벌어지는 난전에서는 현성에게 독이 될 수도 있는 기술이었다.

마나 건틀릿만으로 제거하는 것은 한계가 있었다.

이 뱀파이어들은 지난번 신촌에서 만났던 뱀파이어보다는 강하고 기민했다.

지난번의 실수를 기회로 삼아 현성을 괴롭히려는 의도가 훤히 보이는 접근법이었다.

아직 박 신부와 7남매가 도착하려면 시간이 더 필요했다.

주민 중 누군가가 경찰에 신고했겠지만 현성은 경찰의 출동도 믿지 않았다.

애초에 자신을 노렸거나, 혹은 자신이 살던 곳의 사람을 노릴 의도였다면… 출동할 관할 경찰의 동선을 예측하지 못했을 리가 없었다.

'악랄한 놈들.'

현성은 새삼 분노가 치밀어 오르는 것을 느꼈다.

이것이 놈이 의도한 바라고 하더라도, 자신은 이에 손발을 맞춰 움직여 주어야만 했다.

지금으로선 그게 최선이었다.

"키아아아아악!"

"하앗!"

뻐어어억!

"커헉!"

뱀파이어 하나가 송곳니를 드러내며 기세 좋게 달려들다 현성의 주먹을 얻어맞고 나가떨어졌다.

하지만 지면을 구르는 와중에도 재빠르게 두 손으로 바닥을 밀치며 다시 몸을 일으켰다.

꽤 힘을 실어 가한 공격이었지만, 일격에 나가떨어지지는 않는 것이다.

"크아!"

그때.

멀지 않은 곳에서 담벼락을 넘어 2층집으로 달려들려는 뱀파이어가 시야에 들어왔다.

약간 애매한 거리.

하지만 현성은 우선 손을 뻗은 다음, 이어서 라이트닝 스트라이크를 발출시켰다.

빠지지지직!

"크아아아아아아아악!"

쿠웅!

전류에 그대로 뒤통수를 피격당한 뱀파이어가 괴성을 내지르며 담벼락 뒤로 나가떨어졌다.

바닥에 머리부터 떨어진 녀석은 목이 한쪽 방향으로 심하게 뒤틀린 채, 그대로 숨이 끊어졌다.

투타타타타타! 쿠웅!

"크윽!"

현성의 시선이 다른 곳으로 향한 찰나.

그 틈을 노리고 있던 뱀파이어가 있었던 모양이었다.

순식간에 거리를 재다가 달려든 뱀파이어는 현성이 채 반응하기도 전에 현성을 들이받았다.

현성이 계속해서 마나를 이용해 쉴드를 유지시켜 놓지 않았다면, 복부를 중심으로 꽤 큰 피해를 입었을 공격이었다.

다행히 고통은 없었다.

하지만 작정하고 현성을 끌어안아 버린 뱀파이어는 그 상태로 현성을 계속해서 뒤로 밀어붙였다.

아예 구석으로 몰고 들어간 다음에 자폭이라도 할 것만 같은 맹렬한 기세였다.

콱!

"커억!"

현성이 자신을 끌어안은 뱀파이어의 목을 잡았다.

순식간에 마나가 현성의 손을 따라 뱀파이어의 몸 전체로 퍼져 나가고.

"번(Burn)!"

현성이 마나를 태워 버리는 마나 번 마법을 사용했다.

화아아아아아악!

그러자 뱀파이어의 머리에서 불기둥이 솟구쳤다.

"블링크!"

동시에 블링크를 시전하며 현성이 제자리를 빠져 나왔다.

그리고 뒤를 돌아보자, 방금 전까지 현성을 끌어안고 미친 듯이 달리던 뱀파이어의 목 위가 불길로 인해 사라지고 없었다.

하지만 그 와중에도 달리던 힘과 방향을 기억하고 있던 몸은 한참을 뛰어가서야 벽에 부딪히며 최후를 맞이했다.

"캬아아아악!"

"제길."

산 넘어 산이었다.

블링크를 통해 위험에서 벗어났다고 생각했던 그 순간.

또 현성을 노리고 있던 뱀파이어 하나가 달려들었다.

이들이 죽음에 가까운 위험을 무릅쓰고 현성에게 죽자 사자 달려들고 있는 것은 신정우가 현성에게 건 엄청난 포상 때문이었다.

평생을 먹고 사는데 지장이 없을 돈과 뱀파이어적인 능력을 완벽하게 각성한 몇몇 경험자의 노하우, 이를테면 신상현의 경우처럼 그런 노하우를 전해주기로 했던 것이다.

게다가 뱀파이어의 지역 지부를 관리할 수 있는 권한과 파밍에 대한 지원 등이 약속되어 있으니 눈에 불을 켜는 것은 당연했다.

더 나아가자면, 그 동안 숱한 전투에서 현성 일행에게 희생된 동류(同類)에 대한 슬픔과 현성에 대한 분노가 집약된 결정체로도 볼 수 있었다.

현성이 헬 파이어와 같은 엄청난 공격 마법과 라이트닝 스트라이크 같은 즉발성의 강력한 마법을 보유하긴 했지만, 이런 식이면 발이 묶일 수밖에 없었다.

하지만 마냥 여기서 일대일 구도를 유지하면서 싸우는 것은 더 비효율적이라는 판단이 들었다.

'우선은 사람을 구해야 해.'

현성은 소모성 전투가 결과적으로 더 많은 피해로 이어질 가능성이 높다고 판단했다.

단거리 텔레포트는 블링크처럼 즉발(卽發)이 가능하다.

예전의 현성이라면 긴 시간을 필요로 했겠지만, 시야 안에서 들어오는 거리는 별도의 마법진이나 준비 시간이 필요하지 않았다.

단거리 텔레포트는 블링크에 비해서 7배에 가까운 마나가 순식간에 빠져 나가게 되지만, 충분한 양의 마나를 보유한 현성에게 어려운 선택지는 아니었다.

파앗!

"어? 놈이 사라졌다!"

현성의 모습이 순식간에 시야에서 없어졌다.

자신이 구상한 상대법으로 꽤 재미를 보고 있던 신철수는 현성이 사라지자 아쉬워하는 눈치였다.

하지만 놈이 전투를 포기하면 포기한대로 다음 플랜은 준비되어 있었다.

자신들과 정면승부를 포기했으니.

이제 남은 전투 전력들은 본래의 목적대로 일반인들을 기습, 흡혈에 충실하면 그만이었다.

"각자 흩어져! 이 동네를 지워 버린다!"

"예!"

현성이 자리를 떠나기가 무섭게 뱀파이어들 역시 사방으로 흩어졌다.

조직적인 움직임.

그것은 신촌 사건 때와는 완전히 다른, 이를 갈고 나온 신철수와 조직의 움직임이었다.

*　　　*　　　*

현성은 계속해서 쉴 새 없이 움직였다.

블링크와 텔레포트를 계속해서 사용할 수 있는 점은 현성에게 큰 도움이 되었다.

로키스의 가르침을 받아 최적화된 마법 캐스팅과 시전을 구사하고, 마나 관리를 효과적으로 할 수 있게 되면서 생긴 변화였다.

과거의 현성이었다면 두 스승으로부터 마법을 배울 당시에 사용했던 이미지 연상법으로 마법을 시전, 수월하게 마법은 썼을지 몰라도 소모되는 마나가 엄청났을 터였다.

지금은 가장 최적화된 방법으로 구사하는 만큼 마나의 소모량이 적었고, 그 소모량만큼 빠르게 회복이 되니 큰 부담이 없었다.

현성은 사람들을 구한 뒤, 최대한 먼 거리로 그들을 이동시켰다.

자신 혼자만이 아닌, 곁에 누군가를 데리고 이동하는 텔레포트는 마나의 소모가 2배가 아닌 그 제곱인 4배에 달했지만 견딜 만했다.

이미 신촌에서 벌어진 사건이 있기 때문인지, 사람들은 뱀파이어와 마주쳤다는 사실 자체에는 놀라움을 느끼지 않는 듯했다.

단지, 그 희생양이 자신들이 되었다는 것에 크게 낙담하고 두려워하는 눈치였다.

현성은 정말 동에 번쩍, 서에 번쩍이라는 말이 어울릴 정도로 주택단지 여기저기를 계속해서 이동하며 사람들을 구해냈다.

하지만 희생자의 발생을 막을 수는 없었다.

현성이 두세 사람을 구해낼 때마다, 뱀파이어에게 희생된 사람이 하나씩은 생겨났다.

350명에 달하는 뱀파이어가 움직이고 있었고, 지금 현장에서 사람을 구하고 있는 건 현성이 전부였다.

그나마 다행인 것은 뱀파이어들의 신체적 능력 각성이 완벽하게 되지는 않은 덕분에 지하와 1층이 없이, 2층부터 이어지는 원룸촌이라던가… 방범창이나 도어락 등으로 현관문과 창문 관리를 어느 정도 한 집의 사람은 안전했다는 것이다.

뱀파이어가 일반인에 비해 육체적 능력이 발달해 있기는 했어도, 한계를 뛰어넘을 정도까지는 아직 아니었다.

하지만 작은 조립형 형태의 집이라든가 반지하, 혹은 단독 주택이나 연립 주택식의 낮은 건물은 전부 타깃이 되었다.

대부분의 희생자가 여기서 발생했다.

뱀파이어들은 애원과 부탁을 무시한 채, 인정사정없이 그들의 피를 빨아들였다.

고통에 찬 비명을 지르던 그들도 피가 몸에서 급격히 빨려 나가기 시작하면 정신을 잃었고, 몸이 고목(枯木)처럼 변하고 나서야 숨이 끊어져 생을 마감했다.

그로부터 약 15분 후.

드디어 박 신부와 7남매가 도착했다.

경찰은 여전히 아직이었다.

내심 자신들이 도착했을 때, 적어도 뱀파이어에게 겁을 주거나 놈들을 쫓아낼 만한 사이렌 소리가 들리길 바랐던 박 신부는 실망을 금치 못했다.

꽤 현장에서 많은 일이 벌어졌을 시간이었다.

현성의 연락을 받고 이곳에 오기까지 걸린 30분 동안, 현장에는 현성을 제외한 그 어떤 대응 세력도 없었다.

경찰도 없었으니, 보지 않아도 뻔했다.

상황을 파악할 필요도 없었다.

현장에 달려들어 최대한 빠르게 사람들을 구하고, 뱀파이어를 죽이지 못하면 희생자의 수가 기하급수적으로 증가할 터였다.

"저와 강민 씨가 놈들을 사냥하도록 하죠. 나머지 여섯 분은 먼저 사람들을 구해주세요. 일반인들이 이 일로 피해를 입어서는 안 됩니다."

"예, 알겠습니다."

"자, 서두르자!"

박 신부의 지시에 강민을 제외한 나머지 6남매가 빠르게 움직이기 시작했다.

순식간에 사방으로 흩어진 그들은 앞길을 가로막으려는 뱀파이어를 상대하면서 사람이 있을 것으로 보이는 지점을 향해 나아갔다.

철컥!

박 신부는 미리 준비해 온 총을 장전했다.

강민은 신체 내부의 기운을 가다듬으며, 뱀파이어를 상대할 준비를 갖추고 있었다.

"보조를 부탁해요. 아무래도 내가 난전을 유도하는 게 나을 것 같으니."

"예, 신부님."

박 신부의 말에 강민이 고개를 끄덕였다.

두 사람 모두 접근전 보다는 어느 정도 거리를 둔 교전에 익숙한 타입이긴 했지만, 그래도 접근전에서는 박 신부가 나았다.

박 신부는 우선 은탄이 장전된 권총을 이용해 뱀파이어를 상대하다가, 접근전으로 전환되면 은사를 이용할 생각이었다.

달조차 구름에 가려진 오늘 같은 어두운 밤이면, 은사는 매우 효과적이었다.

보이지 않는 죽음의 실(絲).

지금까지 박 신부가 뱀파이어와 숱한 전투를 치러오면서 버텨올 수 있었던 힘의 원천이었다.

"계속 움직여야 할 겁니다. 이젠 우리가 뱀파이어의 시선과 힘을 교란시킬 차례예요. 현성 씨가 더 자유롭게 움직일 수 있도록, 우리가 놈들을 이끌어 내는 겁니다."

"예. 맡겨만 주십시오."

"그럼!"

타타탓!

말이 끝나기가 무섭게 박 신부가 지면을 박차며 앞으로 달려 나갔다.

타앙!

"케엑!"

총성이 울리자, 뱀파이어 하나가 이마 한가운데에서 피를 쏟아내며 뒤로 나자빠졌다.

은탄에 관통당한 뱀파이어의 몸은 머리부터 해서 빠르게 썩어들어 가더니, 이내 가루가 되어 사라졌다.

"헌터다!"

동료의 죽음을 본 뱀파이어가 소리쳤다.

뱀파이어 헌터, 박 신부.

오래 전부터 뱀파이어로 살아왔든, 혹은 뱀파이어가 된지 얼마 안 된 신출내기이든.

마치 입문 교과서처럼 꼭 듣게 되는 인물, 헌터.

박 신부는 모든 뱀파이어에게 두려움의 대상이었다.

헌터의 시야에 걸리면 죽는다.

그를 쫓아가다간 보이지 않는 트랩에 걸려 저세상으로 가게 된다.

헌터는 죽은 뱀파이어의 살점을 먹는 걸 즐긴다.

이런 괴담 아닌 괴담과 또 실제 사실들이 겹쳐 소문이 돌다 보니 헌터라는 명사 자체만으로도 두려움의 상징이 되어 있었다.

그런 그가 나타났으니 뱀파이어들이 동요하는 것도 당연했다.

"자아, 덤벼라 이놈들아! 내가 왔다!"

박 신부가 호기롭게 소리치며 전장으로 달려들었다.

불과 30분 전까지 조용하고 평화롭기 그지없던 이곳은 어느새 뱀파이어와 그에 맞서는 자들이 목숨을 걸고 싸우는 사지(死地)가 되어 있었다.

*　　　*　　　*

공방전이 계속됐다.

박 신부와 7남매가 가세하면서 전황은 현성 일행에게 유리하게 바뀌기 시작했다.

신촌에서 맞닥뜨렸던 신출내기 뱀파이어들보다는 나았지만, 결국 이들도 이제 막 자신들의 능력에 눈을 뜨기 시작할 무렵의 뱀파이어였다.

뱀파이어들이 힘에 부친 듯, 여기저기서 밀리기 시작하자 신정우가 신상현에게 지시를 내렸다.

그리고 신상현의 부하들이 합류하기 시작했다.

하지만 가장 중요한 인물 둘.

신정우와 신상현은 합류하지 않고 추이를 지켜보고만 있었다.

신정우는 현성의 동선을 계속해서 파악하고 있었고, 신상현은 박 신부의 곁에서 싸우고 있는 한 남자에게 시선을 두고 있었다.

바로 강민이었다.

보아하니 현성과 박 신부를 제외하고 나머지 일곱은 마치 서로가 남매 또는 어떤 관계가 있는 양 상징이라도 하듯, 손목에 하얀 띠를 두르고 있었다.

그중, 박 신부를 보조하고 있는 저 남자가 가장 리더격인

인물로 보였다.

신정우의 지원군이 도착하자, 내심 불안해하던 신철수와 뱀파이어들은 더욱 힘을 냈다.

신촌에서 들었던 소문이 있었기 때문에, 또 힘만 잔뜩 빼고 이용만 당하다 끝나는 게 아닐까 싶었던 것이다.

하지만 지원군이 도착하자 기우라는 생각이 들었고, 다시 사기가 올라 본연의 임무에 충실하기 시작했다.

하지만 그들의 목적은 하나였다.

현성 일행만을 노리는 것.

뱀파이어들과의 협공이라던가, 연계된 작전은 머릿속에 없었다.

목적 달성을 위해 필요한 도구일 뿐, 그 이상도 그 이하도 아니었다.

신정우의 지원이 도착하면서 가장 먼저 힘이 빠지기 시작한 것은 박 신부와 강민이었다.

뱀파이어들과는 차원이 다른 움직임과 협공이었다.

무턱대로 달려들지 않았다.

박 신부가 교묘하게 은사를 이용해 만든 트랩도 통하지 않았다.

뱀파이어들을 적당히 방패막이 삼아 여기저기서 의표를 찌르며 들어오는 놈들의 공격은 무서울 정도로 예리했다.

현성 역시 지원군과 마주했다.

이미 그 존재만으로도 다수의 뱀파이어가 달려들고 있던 마당에 지원군이 가세하자 상황이 더욱 어려워졌다.

"후우. 후우."

현성이 가쁜 숨을 몰아쉬었다.

일정량을 유지하고 있던 마나의 감소폭이 늘어나고 있었다.

뱀파이어는 상대할 만했지만, 새로이 가세한 놈들이 문제였다.

현성은 블랙 네트워크가 최근에 보강한 능력자들이 어떤 존재인지를 새삼 깨달았다.

자신의 두 팔을 자유자재로 원하는 형태로 변형시킬 수 있는 자.

서로 눈을 마주치는 순간 환각인지 아닌지 알 수 없는 섬광으로 시력을 일시적으로 마비시키는 자.

현성의 블링크 마법 정도까지는 아니더라도 짧은 거리를 순식간에 이동하며 공격을 회피하는 자.

그 능력 자체도 다양했다.

이들도 아마 누군가에게 능력을 전수받았거나, 혹은 어떤 이유로 인해 각성하는 과정을 거쳤을 터.

왜 이들은 모두 신정우의 편에 서게 된 걸까.

현성은 그것이 답답했다.

특별한 능력을 좋은 곳에 쓴다고 해서 나쁠 것은 없다.

물론 세상의 이치가 남들과 다른 특별함을 나쁘게 쓸수록 금전적으로 많은 보상이 되는 것은 현성도 잘 알고 싶었다.

하지만 아쉬울 따름이었다.

지금 자신과 적으로 마주하고 있는 이들이 자신과 힘을 합칠 수 있었다면.

신정우, 그리고 블랙 네트워크와 같은 괴물은 탄생하지 않았을 것이다.

그나마 다행인 것은 박 신부와 7남매가 가세하면서 피해자의 수가 줄었다는 점이었다.

그 대신 자신을 마크하는 인원이 늘었다.

계속되는 교전에 여전히 죽어 나가는 것은 뱀파이어들이었지만, 점점 피로감이 느껴지는 현성이었다.

잠깐의 시간만 있어도 힐을 시전해서 자가 치유라도 하겠지만, 그럴 여유조차 녀석들은 주지 않았다.

그야말로 파상공세였다.

"어디 실력 좀 제대로 볼까!"

"자, 저놈의 목을 따보자!"

"후."

잠시 묘한 대치 상황이 유지되기를 약 30여 초.

서로가 서로를 재탐색하는 시간이라 생각했던 걸까?

어느 정도 감이 잡혔는지 먼저 놈들이 달려들기 시작했다.

이번에는 뱀파이어보다 더 앞서서 달려오는 녀석들이었다.

자신들보다 더 뛰어난 능력 있는 존재들이 앞서 달려 나가자, 뱀파이어들은 더욱 사기가 올라 소리를 높이며 현성을 향해 달려들었다.

현성은 묵묵히 그들을 지켜보고 있었다.

현성은 30초의 시간 동안 자신의 주변에 마나를 충분히 흘려 놓고 있었다.

다수의 적을 상대로 일대일로 힘을 빼는 것은 단기, 장기적으로 모두 자신에게 손해였다.

현성은 승부수를 띄울 생각이었다.

마나 번(Mana Burn)은 그 위력을 극대화하기 위해선 그만큼 마나의 방출량을 늘려야 했다.

어설프게 일부만 흘리는 것으로는 광범위한 타격이 힘들었다.

현성은 벌써 자신이 보유하고 있던 마나의 절반을 주변에 흩뿌려둔 상태였다.

다른 사람들에게는 보이지 않겠지만, 현성은 적절하게 자신의 주변에 퍼져 있는 마나의 기운이 온전히 느껴졌다.

중요한 것은 타이밍이었다.

어느 정도의 교전은 필요했다.

파팟— 팟— 파팟!

"크아아아아앗!"

현성에게 가장 먼저 달려든 것은 위치 이동을 반복하며 시야를 교란시키는 녀석이었다.

위치 이동, 즉 순간 이동 거리는 1m가 채 되지 않았고, 그 횟수는 연속적으로 다섯 번까지는 안 되는 것 같았다.

하지만 블링크의 쓰임새를 잘 아는 현성으로서는 저 능력이 어떻게 쓰이느냐에 따라, 얼마나 상대를 괴롭히기에 좋은지 너무나도 잘 알고 있었다.

"블링크!"

현성이 같은 능력으로 맞섰다.

이리저리 시야를 교란시키는 능력이긴 해도, 결국 녀석의 동선은 자신에게로 향하는 직선 주로에 가까웠다.

이동할 때마다 위치가 가까워지는 것이 보이니, 어느 시점에서 허를 찌르면 될지 보였던 것이다.

팟!

"어?"

갑자기 현성의 모습이 사라지자 현성을 향해 기세 좋게 달려들던 녀석의 표정이 변했다.

"여기다."

획!

"크억!"

바로 그때.

자신의 등 뒤에서 머리채를 움켜쥐는 손길이 있었다.

현성이었다.

마나 건틀릿으로 강화된 현성의 힘은 그대로 놈의 머리를 붙잡은 채 하늘로 들어올렸다.

현성은 그 상태로 패대기치듯, 놈의 몸을 그대로 지면을 향해 온 힘으로 내려쳤다.

빠악!

"끄아아아아악!"

기괴스런 광경이었다.

현성의 힘이 그만큼 강력하기 때문이기도 했지만, 완벽하게 허를 찔린 증거이기도 했다.

지면에 내리 떨어지는 그 순간, 뼈가 부러지는 소리가 모두에게 들렸다.

허리부터 시작된 척추뼈가 그대로 박살난 놈은 비명만 내지른 채, 움직이지조차 못했다.

현성은 블링크와 마나 건틀릿을 이용한 순간이동 및 접근전 형태의 공격을 가져 갔다.

동료 하나가 순식간에 불구가 된 것을 봤기 때문인지, 기세 좋게 달려들던 신상현의 부하도 갑자기 움직임이 소극적으로 변했다.

반면 현성은 적극적으로 붙었다.

뱀파이어들은 현성의 신출귀몰한 공격에 계속해서 나가 떨어졌고, 신상현의 부하들도 소극적으로 방어로만 일관하거나 쉬이 달려들려고 하지 않았다.

그러는 동안 현성의 노림수대로 전장 여기저기에 마나가 골고루 흩뿌려졌다.

하지만 확실히 블링크를 반복적으로 계속 사용한 탓인지 마나의 소모가 극심했다.

현성은 그럴수록 더 태연하게, 오히려 적극적으로 움직였다.

자신이 지친 기색을 보이거나, 혹은 쉬어가려는 듯한 모습이 보인다면… 분명 그 틈을 노릴 터였다.

저벅저벅.

그때, 길목 한편에서 뱀파이어 한 무리가 모습을 드러냈다.

한결 강해진 눈빛.

입가에 흐르고 있는 피.

이미 상당수의 흡혈을 끝내고 기운이 충천해져 합류한 뱀파이어 무리인 듯싶었다.

"몸 좀 풀어볼까!"

사기가 바짝 오른 뱀파이어들은 현성과의 난전에서 조금씩 자신감을 잃고 있던 다른 녀석과 달리 의욕적이었다.

다시 한 번 분위기가 형성되자, 살짝 물러서 있던 뱀파이어들도 자리를 잡기 시작했다.

그리고 신상현의 부하들도 그 사이에서 현성을 매섭게 노려보며, 다시 기회를 잡으려 했다.

'이 정도면 충분할 것 같군.'

생각지도 않게 뱀파이어 무리가 합류하면서 공격 가능한 적이 많아졌다.

이제는 마나 번(Mana Burn)을 충분히 시도해 볼만하겠다는 생각이 들었다.

지원군의 등장으로 해볼 만하겠다는 계산이 들기 시작하면서, 녀석들의 경계심도 한풀 누그러진 느낌이었다.

현성은 두어 걸음 뒤로 물러섰다.

눈빛에는 다소 지친 기색을 머금은 채로.

그래야 놈들이 자신에게 더 깊숙하게 달려들 것이라 판단한 것이다.

"키야아아아아!"

뱀파이어들이 저마다 특유의 소리를 내며 현성을 향해 질주하기 시작했다.

맹렬(猛烈)하다는 말이 어울릴 정도로 기가 오를 대로 오른 질주였다.

현성은 좀 더 뒤로 물러섰다.

이 정도의 제스처로 의심할 것 같지는 않았다.

적어도 현장에 있는 뱀파이어들이나 능력자들은 그럴 듯싶었다.

*　　　*　　　*

"슬슬 합류해 보겠습니다."

"좋아."

신상현이 먼저 자리를 떴다.

강민을 예의주시하고 있던 신상현은 박 신부와 신상현이 점점 지친 기색이 보이자, 끝맺음을 하기 위해 움직이기 시작했다.

신정우도 자리에서 일어섰다.

뱀파이어가 추가로 합류하면서 현성이 더욱 수세에 몰리고 있는 것처럼 보였다.

제아무리 놈이라고 해도 수백의 적을 상대로 완벽한 압승은 힘들 것이다.

상대를 베면 끝내는 검술과 달리, 마법은 그에 따른 후폭풍이 있어 마음 놓고 난사할 수도 없었다.

녀석은 근접전에 약한 것이다.

신정우는 지금이 개입하기에 가장 적절한 시점이라 생각했다.

시간이 너무 지체되면, 현성이 데려온 일행들이 뱀파이어를 정리하고 합류할 가능성이 컸다.

잔챙이들이 끼어드는 것은 원치 않았다.

"시작해 볼까."

신정우가 적혈신검을 움켜쥐었다.

현성은 어둠 속에 철저하게 모습을 숨긴 자신의 정체를 모르는 것 같았다.

일격필살.

단숨에 놈의 목숨을 끊는다!

신정우는 이 지독한 악연의 끝을 확실하게 볼 생각이었다.

＊   ＊   ＊

한편 현성은 좀 더 난전을 유도하기로 했다.

또 한 무리의 뱀파이어들이 합류했기 때문이다.

이왕에 할 폭죽놀이라면, 여기 있는 놈들 모두에게 최후를 선사해 주고 싶었다.

그러기에는 아직 흘려 놓은 마나의 양이 추가된 뱀파이어들의 수에 비해 부족했고, 현성은 이곳저곳을 신출귀몰하게 이동하면서 뱀파이어와 능력자를 상대하는 중이었다.

현성이 정형화된 패턴으로 자신들을 상대하는 것을 느꼈기 때문인지, 점점 그들의 공세와 압박이 심해져 가고 있었다.

난전에서 뱀파이어 스물다섯이 목숨을 잃었지만, 여전히 많은 수가 현성을 에워싸고 있었다.

단, 먼저 목숨을 잃고 싶지는 않았던 모양인지 기세 좋게 달려드는 놈은 없었다.

묘한 대치 상태가 오래 유지된다 싶으면, 현성은 기습적으로 희생양이 될 만한 뱀파이어를 잡아 공격하고 제거했다. 이런 식의 패턴이 반복되고 있었지만, 별다른 상황의 반전이 크게 일어나지는 않았다.

"뭣들 하고 있어! 밀어붙여!"

그때.

신철수의 우렁찬 목소리가 들려왔다.

상황이 지지부진 답보 상태에 있자, 활력을 불어넣기 위해 명령을 다시 내린 것이다.

그 역시 이쪽에 합류하면서 열 명 정도의 뱀파이어 무리를 추가로 끌고 온 상태였다.

　이쯤 되면 슬슬 결단을 내려야겠다는 생각이 들었다.

　현성은 조금 더 교전을 치른 후, 마나 번을 사용해야겠다고
판단했다.

　짧게는 2분에서 길게는 4분.

　그 정도면 이곳을 중심으로 반경 50m 안에서 마나 번을 이
용해 지옥의 불길을 일으키는 데는 충분할 것 같았다.

　그리고 지금처럼 자신과 더 가까이 맞붙는 상황이라면…
더할 나위 없이 조건은 좋았다.

5장
주고받은 카운터 펀치

난전이 계속됐다.

확실하게 독기를 품은 뱀파이어와 능력자들의 공격은 매서웠다.

현성이 쉴드를 최대한으로 펼치며 전력을 다해 버티고 있었지만 그 틈을 비집고 들어온 공격이 있었다.

파괴력이 센 마법을 근접전에서 쉽사리 쓰지 못한다는 점을 간파한 능력자들은 집요하게 현성과 가까운 거리를 유지하며 치고 빠지기를 반복했다.

이 거리에서 헬 파이어와 같은 대단히 공격적인 마법을 쓰려면 현성도 후폭풍과 피해를 감수해야 했는데 그러기엔 너무 아까운 상황이었다.

닭 잡는데 소 잡는 칼을 쓰기는 애매한 것이다.

그러다 보니 맹공에 현성도 빈틈이 노출 됐고, 쉴드로 미처 커버하지 못한 팔뚝이나 허벅지 쪽에 작은 상처가 생겨났다.

약간의 피가 흐르는 정도의 상처였지만 기분 나쁜 것이었다.

이제 마나 번을 위한 작업이 어느 정도 마무리 되어가고 있었다.

이 정도면 자신에게만 온통 정신이 팔려 있는 녀석들을 단숨에 저 세상으로 보내기에 충분했다.

"야아아아아앗!"

기세가 크게 오른 뱀파이어들이 이번에는 단체로 몰려들기 시작했다.

사방에서 현성을 잡아먹을 듯이 달려들었다.

"블링크!"

현성이 재빠르게 블링크를 시전하며 원래의 위치를 벗어났다.

그러자 타깃을 잃은 뱀파이어들이 달려들던 힘을 주체하지 못하고, 서로 뒤엉켜 우스꽝스런 광경을 연출해 냈다.

"후."

현성이 뜨거운 숨결을 내뱉었다.

이제 때가 온 것 같았다.

이 정도면 밑밥, 그러니까 작업은 충분히 됐다.

"반갑군."

"……."

바로 그때.

현성은 자신의 등 뒤에서 들려오는 목소리에서 차가운 살기를 느꼈다.

지금껏 한 번도 느껴본 적 없는 엄청난 살기였다.

단순히 분노나 적개심, 표정만으로 느낄 수 있는 살기가 아니었다.

찰나의 시간이 몇 년처럼 지나갔다.

자신이 생각 못했던 변수.

그 변수가 뒤에 있는 것이 확실했다.

이미 선수(先手)를 내어준 상태.

현성은 마나를 최대한 끌어올려 두껍게 쉴드를 쳤다.

찰나의 시간 동안 할 수 있는 최선의 방어는 그것뿐이었다.

푸욱!

"크으윽!"

차가운 금속성의 느낌이 오른쪽 어깨를 파고들었다.

지이이이잉!

쉴드의 기운이 온 힘을 다해 그것을 밀어내고 있었다.

만약 쉴드를 전력으로 펼치지 못했다면, 오른쪽 어깨 전체를 관통당했을 일격이었다.

푸슉!

주르르르르르륵!

"크윽… 블링크!"

오른쪽 어깨 뒤에서 쏟아지는 핏줄기가 느껴졌다.

현성은 다음에 이어질 상대의 공격을 피하기 위해 바로 블링크를 시전했다.

그리고 시선을 돌리니 초면의 남자가 서 있었다.

하지만 눈빛을 마주하는 것만으로도 상대의 정체를 알 수 있었다.

신정우였다.

그의 얼굴이 증명해 주고 있었다.

신문이나 뉴스, 텔레비전에서 보았던 화연전자의 그 신정우였다.

"네가 그놈이군. 인사는 이 정도로 하지. 길게 이야기하고 싶은 생각 없으니!"

파앗!

신정우가 순식간에 지면을 박차며, 현성에게로 쇄도해 들었다.

붉은빛의 검을 움켜쥔 그의 몸에서는 마치 보호막처럼 날카로운 기운이 회전하고 있었다.

쉴드와는 다른 개념 같지만, 자신을 보호해 주는 것은 확실해 보였다.

"크윽. 블링크!"

현성이 다시금 블링크를 시전했다.

마음 같아서는 마나 건틀릿이나 공격 마법으로 맞서고 싶었지만, 오른쪽 어깨에서 느껴지는 고통이 상당했다.

쉴드를 최대한으로 펼쳐 관통당하지 않고 블링크로 빠르게 자리를 빠져나온 것이 천만다행으로 느껴질 정도였다.

신정우의 공격은 신속하고 빨랐다.

보통 현성이 블링크를 이용해 회피하고 나면, 바로 자신의 위치를 파악하고 달려드는 데는 시간이 필요했다.

그래서 뱀파이어와 다른 능력자들이 꽤나 고전했고, 현성에게 이렇다 할 피해를 주지 못했다.

하지만 신정우는 현성이 사라지자마자 바로 다음 위치를 파악했고, 쉴 틈을 주지 않고 달려들었다.

이런 식이라면 현성은 계속 회피하는 것밖에 방법이 없었다.

문제는 이것이 정답이 아니라는 점이었다.

피하기만 해서는 결국 종내(終乃)에는 당하게 되고 마는 것이다.

현성은 타이밍을 재기 위해 시간을 지연시키면서 마나 번을 쓰지 않은 것이 전화위복(轉禍爲福)의 기회가 될 수 있을 것이라 생각했다.

신정우는 마나 번을 알지 못한다.

지금 이 자리, 이곳 전체가 온통 마나의 흔적으로 채워져 있다는 사실을 아는 것은 자신뿐.

이미 자신은 큰 상처를 입었다.

전투를 원활히 치를 수는 없지만, 회피하며 신정우를 좀 더 깊숙하게 유도할 수 있을 정도는 됐다.

현성은 이미 누가 봐도 자신의 '열세'가 확정된 상황에서 좀 더 아픈 척하고 도망 다닌다고 해도 이상할 것이 없을 것이라 판단했다.

이참에 놈이 얼마나 기민하게 자신의 움직임을 캐치하고 달려드는지 봐두는 것도 나쁘지 않을 것 같았다.

"언제까지 내빼기만 할 수 있을 거라 생각하지!"

파팟! 팟!

신정우가 다시금 현성에게 달려들었다.

언뜻 보기에는 15m 정도의 거리에서 두어 걸음을 뗀 것처럼 보이는데, 어느새 코앞이었다.

뿐만 아니라 신정우가 움켜쥐고 있는 검에서는 붉은빛의

예기가 계속해서 뿜어져 나오고 있었다.

보이는 그대로를 표현하자면 마치 검기(劍氣) 같았다.

검의 원래 길이에서 절반 정도의 길이만큼의 기운이 뻗어져 나오고 있었고, 그 기운에서도 차가운 살기가 느껴졌다.

현성은 나중을 대비해서라도 실험을 해보기로 했다.

저 검기는 과연 살상 능력이 있는 기운일까, 아니면 그저 빛이나 연기 같은 허상(虛像)일 뿐일까?

목숨이 위협받는 상황에서도 현성은 오히려 신정우의 능력을 탐색하고 있었다.

자칫 잘못했다가는 죽을 수도 있었다.

하지만 나중을 위해서 반드시 필요한 탐색이라 생각했다.

이미 큰 부상을 입은 상태였지만, 그것을 오히려 적을 방심시킬 기회라 생각했고, 이를 적극적으로 이용할 생각이었던 것이다.

빠지지지직!

마치 전류가 터져 나오는 듯한 소리와 함께 신정우의 검이 매섭게 현성의 왼쪽 가슴을 노리고 들어왔다.

누가 봐도 심장 한가운데를 노린 일격이었다.

"블링크!"

현성이 다시금 블링크를 이용해 회피했다.

이번에는 70cm 정도로 짧게 뒤로 빠진 회피였다.

검기의 위력을 실감해 보고 싶었기 때문이다.

찌익!

'…위험한 거였군.'

옷자락 끝이 검기에 닿자, 검날에 베여져 나가듯 간단하게 옷감이 잘려 나갔다.

이것으로 검기에 살상 능력이 있음도 확실해졌다.

좀 더 먼 거리에서 상대의 목숨을 위협할 수 있다는 점은 위력적이었다.

그 무기가 검이라면 더더욱 그러했다.

작정하고 블링크만 이용한다면 적어도 몇 번은 더 신정우의 공격을 피할 수 있을 것 같았다.

현성은 이 기회를 탐색에 확실하게 쓸 요량이었다.

어차피 이미 부상을 입은 자신이 신정우를 제거할 수 있는 방법은 없었다.

냉정한 판단이었다.

변수를 생각하지 못했고, 빈틈을 노출해 부상을 입은 것은 인정해야 했다.

자존심 상해 할 필요도 없었다.

수 싸움에서 진 것이다.

물론 아직 현성 자신이 들고 있는 '마지막 패'는 꺼내지 않았지만.

"파이어 볼!"

현성이 왼손으로 최대한 빠르게 구사할 수 있는 공격 마법을 전개했다.

이 공격에 신정우가 타격을 입을 것이라고는 티끌만큼도 생각하지 않았다.

놈의 반응을 볼 생각이었다.

깡!

"후후후. 잔기술은 예상했다."

신정우가 보란 듯이 현성의 마법을 막아냈다.

신정우의 검이 만들어낸 검기가 1차적으로 현성의 파이어 볼을 막았고, 그 과정에서 퍼져 나간 조각은 신정우가 자신의 몸 주변에 형성시켜 두었던 기운에 씻겨져 나갔다.

쉴드와 같다고 볼 수는 없지만, 원리나 용도는 똑같아 보였다.

이런 식이라면 어지간한 형태의 마법 공격은 놈의 힘이 고갈되지 않는 한 막힐 가능성이 컸다.

현성은 조심스럽게, 그리고 빠르게 주변을 살폈다.

어느덧 비명 소리도 잦아들고 있었다.

그것은 이미 어느 정도 상황이 종료되었음을 뜻했다.

뱀파이어와 능력자들의 희생양이 되었거나, 혹은 현성 일행에 의해 구출되었거나.

작전상 후퇴.

지금은 그것이 필요해 보였다.

현성은 냉정하게 판단했다.

박 신부나 7남매는 신정우를 상대할 수 없다.

상대한다 하더라도, 언제 죽느냐의 시간차이 일뿐 결과는 똑같을 것이다.

현성은 느낄 수 있었다.

온갖 악랄한 수로 세상의 사람들을 괴롭히고 있는 자, 신정우.

그의 목숨을 거둘 수 있을 유일한 대항마는 자신이라는 것을.

자신이 아니면 놈의 목숨은 얻을 수 없었다.

어떻게든 살아남을 것이 뻔해 보였기 때문이다.

'좋아. 그럼.'

현성이 결정을 내렸다.

"블링크!"

다시 한 번 현성이 블링크를 시전했다.

이번에 이동한 위치는 거대한 마나 번의 불길이 치솟을 그 중심이었다.

"언제까지 피하기만 할 테냐!"

신정우가 현성을 향해 지체하지 않고 달려들었다.

역시나 반응은 빨랐다.

하지만 그전에 현성의 손이 허공에 호선(弧線)을 그었다.

그리고.

"마나 번!"

화아아아아아악!

현성이 마나 번을 외치는 순간, 그의 손끝에서 파생된 불길이 기름띠를 따라 번지는 불처럼 순식간에 사방으로 뻗어져 나갔다.

"텔레포트!"

현성이 미리 봐둔 장소를 향해 텔레포트를 시전했다.

마나 번과 동시에 텔레포트 마법까지 시전하니 마나의 보유량이 위험한 수준까지 떨어질 정도였다.

콰아아아아아아앙!

그때, 등 뒤에서 엄청난 폭발이 일었다.

"끄아아아아악!"

"카악! 카아악! 으끄아아악!"

"크으윽… 제길."

사방이 온통 불바다가 되었다.

깔끔하게 차려 입었던 신정우의 세미 정장 스타일의 복장도 불길에 죄다 찢겨져 나갔다.

순간적으로 호신강기를 최대한으로 펼치지 않았더라면 온
몸 전체가 그대로 타버렸을 엄청난 폭발이었다.

"빌어먹을……."

신정우가 자신의 옆구리를 고통스럽게 만졌다.

찢겨져 나간 옷자락 사이로 드러난 살갗에는 깊은 상처가
만들어져 있었다.

움직일 때마다 고통이 허리에서 전신으로 퍼져 나갔다.

호신강기를 펼치는 그 사이의 빈틈을 비집고 든 불길이 옆
구리에 상처를 낸 것이다.

마나 번, 그 핵(核)의 중심에 있는 것이나 다름없었던 신정
우에게는 엄청난 폭발력이 전해졌다.

그나마 신정우였기에 목숨을 부지할 수 있었다.

그때 곁에 있었던 뱀파이어들은 폭발과 동시에 재가 되어
사라졌다.

그리고 반경 안에 있던 뱀파이어와 능력자들은 모두 불길
에 휩싸여 고통에 찬 비명을 지르는 중이었다.

신정우는 아비규환(阿鼻叫喚)이 된 현장을 확인하고 이것
이 현성의 노림수였다는 사실을 그제야 깨달았다.

애초에 지지부진한 공방전으로 시간을 끌면서 뱀파이어와
자신의 부하들이 모여들기를 기다렸던 것이다.

엄청난 손실이었다.

그나마 민첩하게 폭발과 동시에 현장에서 최대한 멀리 이탈한 몇몇 능력자는 살아남았지만, 현장에 있었던 능력자 중 절반이 죽었다.

이 거대한 마나의 불길은 손이나 옷가지 따위로 누른다고 해서 사그라지지 않았다.

몇몇 뱀파이어는 고통에 찬 비명을 지르다가 마침 보이는 물웅덩이를 찾아 몸을 날렸지만 불은 여전히 타오르고 있었다.

뱀파이어의 피해도 엄청났다.

신정우가 어림잡아 보더라도 백 명은 족히 넘어갈 듯싶었다.

차라리 폭발과 동시에 죽음을 맞은 게 다행이라 느껴질 정도였다.

온몸에 불길을 뒤집어 쓴 뱀파이어들은 미친개처럼 사방팔방을 비명을 내지르며 돌아다니다가, 더 이상 버틸 수 없는 지경에 이르러서야 바닥에 쓰러져 숨을 거뒀다.

"이 새끼……."

신정우가 입술을 질끈 깨물었다.

자신의 기습은 성공했다.

가장 힘이 빠졌을 때, 빈틈이 많았을 때.

그때를 보기 좋게 노려 중상을 입혔다고 생각했다.

하지만 그전부터 설계되어 있었던 놈의 작전이 있었던 것이다.

오히려 당했다.

신정우 자신도 상처를 입었고, 부하도 꽤 잃었다.

뱀파이어는 이 정도면 거의 반 이상이 죽은 것이나 다름없었다.

아니, 현장에 있었던 뱀파이어를 제외하고 각각 흩어져서 작전을 수행하던 녀석들도 있었으니… 현성 일행이 추가로 제거한 녀석들도 있을 것이고. 생각 자체가 무의미해 보였다.

선공은 자신이 했는데, 결과물은 눈앞의 상황이었다.

카운터펀치 한 대를 때리고, 두 대를 맞은 격이 되어버린 것이다.

"이런 씨발!"

푸욱!

신정우의 성난 검날이 이미 숨이 끊어져 있던 뱀파이어의 몸 위로 떨어졌다.

사방으로 검은 피가 비산했다.

신정우는 뱀파이어의 피로 칠갑한 채, 분노에 찬 눈빛으로 주변을 살피고 있었다.

현성은 이미 사라지고 없었다.

"괜찮으십니까?"

그때, 익숙한 목소리가 들렸다.

신상현이었다.

원래대로라면 박 신부와 강민을 상대하고 있어야 할 그였지만, 뒤에서 거대한 폭발이 일어나자 계획을 취소하고 바로 신정우에게 달려온 것이다.

"괜찮다. 윽!"

자신을 부축하려는 신상현의 손길을 거절하려던 신정우는 이내 옆구리에서 느껴지는 고통에 하체의 힘이 쭉 빠져 버렸다.

엉거주춤하게 한쪽 무릎을 꿇고 앉은 신정우는 이 기분 나쁜 통증을 몇 번이고 참아보려 했지만, 도저히 참아지지가 않았다.

치료가 필요한 것이다.

"제가 모시겠습니다."

"빌어먹을……."

신상현이 침착하게 신정우를 일으켜 세웠다.

신상현은 아주 잠깐 다른 생각을 했다.

지금 여기서 마음만 독하게 먹는다면 부상을 입은 신정우를 순식간에 처리할 수 있었다.

만약을 대비해서 부상이 없는 왼손으로 검을 움켜쥐고 있는 모습이었지만, 부축을 받는 상태에서 빈틈은 얼마든지 있었다.

신정우를 제거한다면, 블랙 네트워크의 거대한 풀(Pool)을 자신과 김도원의 손아래에 놓을 수 있을 것이다.

김도원과 직접 속내를 터놓고 얘기한 적은 없었지만, 신상현은 김도원 역시 자신처럼 어느 정도 블랙 네트워크에서 지분을 만들어 갈 요량으로 들어왔을 가능성이 크다고 생각했다.

무조건적인 협력이 아닌, 미래를 본 안배였을 것이라 느낀 것이다.

더할 나위 없이 좋은 기회.

하지만 신상현은 다시 생각을 접었다.

지금은 때가 아니었다.

부상을 입은 현성이 신정우를 상대할 수 없을 것이라고 냉정하게 판단한 것처럼, 신상현 역시 신정우를 죽인다 하더라도 자신이 현성의 적수는 되지 못할 것이라 생각했다.

3인자가 1인자가 되는 방법은 1인자를 놓고 다투던 두 사람 중 하나가 사라진 이후, 남은 하나가 1인자의 자리에서 가장 방심하고 있을 때 뒤를 치는 방법이었다.

아직 그 왕좌(王座)의 주인이 결정되지 않은 만큼, 지금은 때가 아니었다.

"꼴사나운 모습을 보이게 됐군."

신정우가 씁쓸한 표정을 지으며 신상현을 바라보았다.

현성에게 큰 상처를 입혔으니 굳이 따지자면 1승 1패가 된 셈이었지만.

되돌려 받은 것이 너무 컸다.

"놈도 형님의 위력을 새삼 실감했을 것입니다. 어차피 뱀파이어는 신경 쓰지 않으셨던 것 아닙니까. 어느 정도 희생이야 무엇을 하든 늘 감수해야 하는 일입니다."

신상현이 차분히 답했다.

"정우 형님, 상현 형님. 어떻게 할까요?"

그때, 신상현에게 부하 하나가 달려왔다.

양팔을 자유자재로 무기로 만드는 자.

송희창이라는 이름을 가진 남자였다.

김도원에게 정경호라는 심복이 있듯, 신상현에게는 송희창이 있었다.

"상황은 끝났다. 모두 철수시켜. 나는 형님을 모시고 아지트로 가겠다."

"예, 그렇게 하겠습니다."

송희창이 고개를 끄덕였다.

폭발과 동시에 빠르게 자신의 앞에 있던 뱀파이어를 방패로 삼은 송희창은 약간의 화상을 입은 것 말고는 별다른 상처가 없었다.

물론 방패가 된 뱀파이어는 그 자리에서 잘 익은 고기 신세가 되어 즉사했다.

뱀파이어의 신세가 대략 이러했다.

"크으으윽……"

마나 번의 엄청난 폭발에 수십 미터를 튕겨져 나간 신철수는 쉽게 정신을 차리지 못하고 있었다.

누운 채로 주변을 둘러보니, 저 멀리로 신상현과 신정우가 사라져 가고 있었다.

"하……"

그들은 자신에게 눈길조차 주지 않고 있었다.

현장에 자신이 있다는 사실을 몰랐을 리도 없었다.

하지만 그들은 냉정히 등을 돌린 채, 멀어져 가고 있었다.

그리고 신정우와 신상현의 명령으로 현장에 돌아온 송희창은 자신이 데리고 온 능력자 중 죽은 자를 제외한 나머지를 빠르게 소집하여 현장을 이탈하고 있었다.

"끄으으으으으……"

"처, 철수 형님……"

여기저기서 신음 소리가 터져 나왔다.

즉사한 뱀파이어도 꽤나 있었지만, 여전히 목숨이 붙어있는 자들도 많았다.

하지만 그 신음 소리를 듣고 도와줄 힘이 신철수에게는 없었다.

시야가 희미해지고, 정신이 아득해졌다.

"제길, 크윽."

쿠웅!

결국 신철수도 더 이상 희미해져 가는 정신을 붙잡지 못하고 고개를 지면에 처박았다.

*　　　*　　　*

"크윽."

"현성 씨!"

"형님!"

치열했던 전투를 끝내고, 긴장이 풀렸기 때문일까?

별다른 부축 없이 상처를 입은 어깨를 움켜쥔 채 걷던 현성의 두 다리에 힘이 풀리며, 그대로 자리에 주저앉았다.

현성이 다시 정신을 차리고 주변을 살펴보니 박 신부와 7남매가 모두 모여 있었다.

"사람들은?"

"희생자를 제외하고는 대부분 구출했습니다. 뱀파이어들도 처리했구요."

"그 사람들은 어디로 갔지……?"

"우선은 시가지 쪽으로 피신을 시켰습니다만……."

"관할 경찰이 출동하거나, 혹은 날이 밝을 때까지는 그 사람들 곁에 있어줘. 너희들 모두. 만약을 대비해서라도."

"괜찮으시겠습니까?"

현성의 말에 강민이 걱정스런 표정으로 물었다.

현성의 어깨에서는 계속해서 피가 흘러내리고 있었다.

덩달아 현성의 안색도 창백해져 가고 있었다.

신정우의 검이 만들어 낸 자상(刺傷)은 생각보다 심각했다.

압박을 하고, 블랙 힐 마법을 시전해 봤지만 당장에 큰 변화가 없었다.

흐르는 피의 양은 어느 정도 줄었지만, 고통은 점점 심해져 갔다.

마치 근육 하나하나를 찢어내는 느낌이었다.

날카로웠던 검기가 상처 안에 남아, 계속 헤집는 듯한 느낌이었다.

"괜찮으니… 어서 가봐. 일이 마무리되면 연락하고……."

"옛. 모두 가자!"

"신부님, 부탁드려요!"

"걱정 말아요. 내가 현성 씨를 보고 있을 테니."

저마다 박 신부에게 당부의 인사를 전하고 7남매는 다시 어둠 속으로 사라져 갔다.

애애애애앵—

전투가 다 끝날 무렵이 되어서야 소방차와 경찰차의 사이렌 소리가 들렸다.

그들이 와서 건질 수 있는 것은 이미 싸늘한 주검이 되어버린 수백 개의 시체와 격전이 남긴 불길뿐일 터였다.

"병원으로 갈까요?"

박 신부가 물었다.

현성의 상태가 좋지 않아 보였기 때문이다.

"아닙니다. 아지트로 가죠. 언제 어디서 또 상황이 벌어질지 모르는데 무턱대고 치료만 하고 있을 순 없습니다. 자가 치유는 가능합니다. 시간이 필요할 뿐이니⋯ 크윽."

"그래요, 그럼 아지트로 가죠."

박 신부가 현성을 부축했다.

"그럼 부탁 좀 드리겠습니다. 윽."

현성이 인상을 찌푸리며, 힘겹게 박 신부의 어깨를 붙잡았다.

이마를 타고 흘러내리는 식은땀이 그가 느끼고 있는 고통을 보여주고 있었다.

현성이 마지막으로 확인한 것은 자신의 마나 번에 부상을 입은 신정우의 모습이었다.

서로가 세게 펀치를 주고받은 셈이었다.

현성이 미리 마나 번을 위한 작업을 해두었기 때문에 이번에는 신정우에게 피해를 입힐 수 있었다.

하지만 현성은 다음번에도 이번과 같은 경우를 바라기는 힘들겠다는 생각이 들었다.

다음번에 다시 서로를 직접 마주하게 된다면, 그때는 반드시 누군가가 죽어야만 끝날 것이다.

그것은 신상현의 부축을 받으며 자신의 아지트로 향하고 있는 신정우의 생각과도 똑같았다.

*　　　*　　　*

예전에 살던 동네에서 벌어진 현성과 신정우의 첫 만남은 그렇게 서로에게 깊은 상처를 주고 끝이 났다.

이후 1주일 동안은 현성도, 신정우도 대외적인 활동 없이 치료에만 전념했다.

마치 서로가 약속이라도 한 것만 같은 휴전(休戰) 기간이었다.

반면, 그 1주일 동안 뱀파이어에게 급격한 변화가 일어나기 시작했다.

혹시나 했더니 역시나로 밝혀진 신정우의 행동으로 인해

뱀파이어 조직이 와해되기 시작한 것이다.

이것은 작전상의 문제였으며 오히려 신정우를 믿고 더 따라야 한다는 강경 노선과 뱀파이어 스스로 상황을 헤쳐 나갈 새로운 방법을 모색해야 한다는 온건 노선이 본격적으로 대립하기 시작한 것이다.

중상을 입은 신철수는 그 누구에게도 환영받지 못했다.

전적으로 신정우를 믿고 동료들을 사지로 내몬 책임에서 자유로울 수 없었기 때문이다.

결국 그는 제대로 된 치료조차 받지 못하고 아지트 구석에 누워있던 중, 누구의 것인지도 알지 못하는 공격에 목숨을 잃었다.

하지만 어느 누구도 그를 죽인 책임을 묻지는 않았다.

뱀파이어 조직의 내분이 본격적으로 시작되고 있었다.

이번 사건은 그 내분의 시발점이 됐고, 일주일이라는 시간 동안 뱀파이어들은 정확히 자신들의 성향에 따라 반반으로 나뉘어 양쪽으로 갈라졌다.

"여보세요?"

―예련아, 나다.

"광태 오빠?"

그 무렵.

상화와 알콩달콩한 연애를 즐기며 평범한 여인으로서의
삶을 살던 차예련에게 전화 한 통이 걸려왔다.

자신이 뱀파이어로 살았던 시절.

유일하게 자신을 챙겨주고 참을 수 없는 흡혈 욕구를 다스
릴 수 있도록 도와주었던… 한 남자의 전화였다.

6장
내전의 조짐

"오빠, 잘 지냈어? 오빠 전화가 올 거라곤 생각도 못해서…
혹시 기분 나쁘게 들렸다면 미안해."

"아냐, 나 같아도 그랬을 거다. 남자 친구 생긴 것 같던데.
이 시간에 나오면 괜한 의심이라도 사는 거 아니냐?"

"괜찮아. 피곤해서 푹 자겠다고 했거든. 그리고 오빠한테
이 시간은 이제 대낮이나 다름없잖아?"

"후후, 그렇지."

자정을 막 넘긴 시간.

차예련은 집 근처의 술집에서 한 남자를 만나고 있었다.

이름은 홍광태.

아는 남자가 썩 많지 않은 그녀가 홍광태를 알고 있는 것은 그와의 인연 때문이었다.

전 남자 친구로 인해 뱀파이어가 되었던 차예련.

당시 동료들이 흡혈 욕구를 주체하지 못하고 사람들을 납치해 그의 피를 취하고 했을 때, 차예련은 참고 참으며 그 시절을 견뎌냈었다.

현성과 박 신부가 사냥을 하기 위해 동굴을 찾아오기 며칠 전, 그 무리에서 빠져 나왔던 것이 바로 홍광태였다.

그 역시 차예련처럼 비인간적인 행위가 자행되는 흡혈은 할 수 없다고 말해왔었고, 그녀처럼 생사람을 잡아 피를 취하고 죽이는 일은 하지 않았다.

지금도 그는 뱀파이어들이 즐겨 쓰는 파밍 방식이나, 아예 신촌 사건처럼 무차별적으로 사람들을 노리고 흡혈하지 않았다.

그의 놀라운 정신력과 오랜 인내의 과정이 빛을 발했던 것일까?

홍광태는 다른 뱀파이어에 비해 흡혈의 양과 욕구를 조절할 수 있게 되었다.

이따금씩 흡혈에 대한 욕구가 치솟을 때면 동물의 피로 해결했고, 그것마저도 힘들 경우에는 그제야 암시장 등에서 팩에 담긴 수혈용 피를 구했다.

때문에 차예련도 그의 번호를 지우지 않고 가지고 있었던 것이다.

그는 자신처럼 평범한 삶으로 돌아오지는 못했지만, 충분히 자신을 컨트롤하며 살아가고 있었다.

밤에는 자신의 일을 했고, 예쁜 여자 친구도 있었다.

단, 여자 친구는 홍광태가 뱀파이어라는 사실을 알지 못했다.

다만… 그가 밤에 일하거나 깨어 있고, 낮에 잔다는 것으로 알고 있기 때문에 그의 밤낮이 바뀐 생활 패턴을 이상하게 생각지 않는 것뿐이었다.

"요즘 생활은 어때?"

"좋아. 열심히 일하고 있고, 멋진 남자 친구도 있고. 그냥 이렇게 살 수 있게 된 삶에 감사해."

"넌 그래야만 했어. 죄 없는 너를 뱀파이어로 만들었던 예전 남자 친구의 잘못이지. 놈은 용서받을 수 없어."

"그 사람 얘긴 하지 말자. 이젠 추억 속의 사람일 뿐이야. 다시 기억하고 싶진 않아."

"후후, 내가 실언을 했군. 그나저나 나올 줄 몰랐어. 갑자기 연락이 왔으니 뭔가 수상쩍다고 생각했을 텐데."

"당연하지. 하지만 오빠니까 보고 싶었고 궁금했어. 갑자기 무슨 일이라도 있는 거야? 얼굴에 근심 걱정이 가득한 표정인데."

차예련은 홍광태의 얼굴에 드리워져 있는 어둠을 볼 수 있었다.

그는 강한 남자였다.

자신의 의지와 상관없이 뱀파이어가 된 그녀를 다독여 주고, 독한 마음으로 버텨낼 수 있도록 도와주었던 그.

만약 곁에 여자 친구가 없었다면 여자 친구가 되고 싶을 정도로 매력적인 남자이기도 했다.

"물어볼 게 있어."

"얼마든지. 오빠한테 비밀 없는 거, 알잖아."

"예련아."

"응?"

"널 정상인의 삶으로 돌아가게 만들어줬다는 그 사람… 아직도 살아있냐?"

홍광태는 현성이 백야의 리더라는 사실은 알지 못했다.

홍광태가 알고 있는 정보는 차예련을 뱀파이어의 삶에서 빠져 나올 수 있게 도와준 사람이 있다는 것, 그것이 전부였다.

차예련은 굳이 뱀파이어인 홍광태에게 중요한 비밀을 알려줄 필요가 없다고 판단해서 아무 말도 하지 않았기 때문이다.

홍광태 역시 그녀에게 묻지 않았었다.

"응, 당연하지. 혹시 오빠……."

차예련이 짐작되는 바가 있는 듯 홍광태를 바라보았다.

그가 대답 대신 고개를 끄덕였다.

차예련이 정상인의 삶으로 돌아간 사실을 아는 뱀파이어 중, 지금까지 살아 있는 사람은 홍광태밖에 없었다.

나머지는 아지트 소탕 작전 당시 죽거나, 이번 사건에서 현성의 공격에 죽었던 것이다.

"무슨 일이 있는 거야?"

차예련이 물었다.

홍광태가 원래의 삶을 되찾고 싶다는 개인적인 바람을 이야기할 생각이었다면, 오래 전에 얘기했을 것이라 생각했다.

차예련이 정상으로 되돌아 온 만큼, 자신도 얼마든지 가능성이 열려 있는 것이기 때문이다.

하지만 이제 와서 이야기하기 시작했다는 것은 그만한 이유가 있겠다는 생각이 들었다.

"말하자면 처음부터 이야기를 해야 하니 정말 길어질 지도 모르는데, 괜찮겠어?"

"얼마든지."

"그럼 한잔하면서 얘기하자."

쪼르르르.

홍광태가 차예련의 잔에 소주를 채웠다.

그녀 역시 홍광태의 잔에 소주를 채워주었다.

"하아."

한숨 한 번 쉬는 것을 본 적 없는 그가, 땅이 꺼질 듯한 한숨을 내쉬고 있었다.

차예련은 그의 신변에 어떤 문제가 생겼거나, 그가 소속되어 있는 조직에 문제가 생겼음을 어렵지 않게 짐작할 수 있었다.

듣고 싶었다.

현성이 자신에게 원래의 삶을 되찾아 준 은인이라면, 홍광태는 원치 않았던 삶을 사는 와중에 희망을 잃지 않게 도와준 은인이었다.

그의 아픔은 곧 차예련 본인의 아픔이기도 했다.

이것은 사랑의 감정과는 다른, 자신도 같은 삶을 살아봤던 경험자로서의 공감이고 이해였다.

"오빠, 무슨 일이야. 다 말해봐. 이제 내가 오빠한테 빚을 갚을 때도 됐잖아."

"편하게 얘기해도 되겠냐."

"물론이지."

홍광태의 표정은 어두웠다.

차예련은 어느새 비워진 홍광태의 잔에 소주를 다시 채워 넣었다.

"최근에 뱀파이어가 어떻게 살고 있는지는 들었어?"

"음… 미안하지만 들으려고 하지 않았어. 어차피 내가 아는 사람도 지금은 오빠밖에 없고, 오빠는 잘살고 있다고 생각했으니까."

"맞아. 그랬지. 하지만 나도 결국은 어쩔 수 없는 뱀파이어고, 우리는 평범하지 않은 존재들이니까… 뱀파이어의 입지가 어떻게 되어 가느냐가 정말 중요하지."

"알아."

"뉴스나 언론에 보도된 것은 거의 없지만, 얼마 전 뱀파이어의 아지트가 전부 소탕됐어. 백야라고 불리는 조직, 그 조직이 했을 거야. 물론 헌터도 있었을 거고."

내색하지 않았지만 차예련은 짐작하고 있었다.

백야라는 조직은 현성이 만든 조직이고 그가 리더라는 사실을.

그녀는 현성의 원래 모습을 본 적이 있기 때문에 파악하는 것이 어렵진 않았던 것이다.

"그것 때문에 뱀파이어의 세력이 크게 축소됐어. 이제 막 세력을 확장시켜 나가려는 차에 태풍에 휩쓸리듯 전부 죽어 나갔으니까. 난 차라리 잘됐다고 생각했어. 사람을 희생양으

로 삼아 피를 취하고 목숨을 거두는 비인간적인 행위를 보고
있을 수는 없었거든. 그리고 생각했지. 나만 중심을 잘 잡으
면 된다고. 내가 아닌 다른 놈은 다 나쁜 놈들이고, 비인간적
인 놈들이라고 생각했으니까."

꿀꺽.

쪼르르르.

꿀꺽.

홍광태가 격해진 감정을 억누르지 못하고 소주잔을 연이
어 들이켰다.

차예련은 조용히 그를 지켜보았다.

억누르고 있었던 답답한 감정을 풀어내는 것을 보고, 또 도
와주고 싶었기 때문이다.

"그렇게 뱀파이어 조직이 한 번 무너지고 난 뒤로는 제대
로 된 중심점이 없었어. 하지만 리더는 필요했고, 또다시 체
계를 잡아가더군. 윗선에서는 블랙 네트워크에 손을 내밀었
어. 그 후광(後光)을 버릴 수가 없었던 거지. 그래서 그들의
요청대로 나섰던 것이 바로 이번 신촌 사건이야."

"……."

신촌 사건의 핵심은 능력자였지만, 대외적으로는 뱀파이
어의 소행이라 알려졌다.

워낙에 뱀파이어의 숫자가 많았고, 현장에서 확보된 목격

자의 진술이나 영상이 뱀파이어의 것이 많았기 때문에 더욱 그랬다.

차예련은 그전까진 조심하고 또 조심하던 뱀파이어가 왜 세상에 모습을 드러내기 시작했을까 궁금했었다.

한데 저런 내막이 있었던 것이다.

"하지만 그 신촌 사건에서 뱀파이어는 철저하게 이용당했지. 대다수가 죽었지만 그에 걸맞는 보상을 받지 못했어. 뱀파이어들은 아지트가 모두 털려 나간 마당에 새로운 은신처가 필요했지만 구할 수가 없게 된 거지. 그리고 이번에 또 한 번의 일이 있었는데 거기서마저 이용당했어. 완벽하게 총알받이로 쓰이고 버려졌지. 토사구팽이라는 말이 이렇게 잘 어울릴 수가 없더군."

"근데 오빠에게는 크게 상관없지 않아? 오빠는 어차피 그 사람들을 동료라고 생각하지 않았잖아. 오빠는 오빠만의 방식대로 삶을 살고 있었잖아?"

차예련이 물었다.

지금 홍광태의 모습은 '나쁜 놈들'이라고 홍광태가 지칭하던 뱀파이어의 피해에 매우 분해하는 모습이었다.

차예련은 자신이 착각을 하고 있는가 싶었다.

"그랬지. 맞아."

"그런데 왜?"

"한 잔 더 줄래?"

"응. 오빠, 내가 너무 꼬치꼬치 캐묻는 건 아니지?"

"하하, 괜찮다."

쪼르르르.

차예련은 혹시나 자신의 질문이 홍광태에게 기분 나쁘게 들리진 않을까 생각했다.

그는 뱀파이어지만 정말 착한 사람이었다.

아무나 잘 믿지 않는 차예련이 믿는 사람이기도 했다.

꿀꺽— 후우—

단숨에 소주 한 잔을 들이켠 홍광태가 술기운이 잔뜩 담긴 한숨을 내뱉었다.

그리고 다시 말을 이어나갔다.

"그 이후, 뱀파이어 조직이 분열되기 시작했어. 내분이라는 표현이 적당하겠지. 두 번을 이용당했고, 그 과정에서 그나마 명맥이나마 유지하던 조직이 가루가 됐지. 이제 마지막 선택을 할 때가 온 거야."

"오빠가 왔다는 건······."

그제야 차예련은 짚이는 구석이 있었다.

"모든 뱀파이어가 파국(破局)으로 치닫는 것을 바라는 건 아냐. 순수하게 평범한 삶으로 돌아가고 싶어 하는 사람도 많았어. 내가 생각했던 것 그 이상, 아니 상상을 초월할 만큼.

난 내가 아니면 전부 똑같은 녀석들이라고 무시했지만 아니었어. 나 이상으로 인내하고 버텨오던 뱀파이어도 있었던 거야."

"아, 이제 알겠어."

차예련이 고개를 끄덕였다.

홍광태가 자신을 찾아온 이유.

그것은 바로 자신처럼 원래의 삶을 되찾길 바라는 뱀파이어의 열망이 담긴 것이었다.

"뱀파이어들은 정확히 반으로 나뉘었어. 나와 같은 사람은 이제 이 지긋지긋한 뱀파이어간의 파벌 싸움이나, 누군가에게 이용당하는 삶에서 벗어나길 원해. 차라리 길을 가다가 뱀파이어에게 물어 뜯겨 죽을지언정, 사람답게 살길 바라는 거야. 네게 어떤 애원이나 무거운 부탁을 하려는 것은 아냐. 다만… 널 그렇게 되돌려 준 분, 그분을 만날 수 있게 해줬으면 해. 해결책이 없다면, 없는 대로 받아들일 거야. 하지만 이야기는 꼭 해보고 싶다."

"알겠어, 오빠. 그분이 내켜하실지 모르겠지만……."

"싫다면 어쩔 수 없겠지. 난 어떤 강요나 애원을 하러 온 것은 아냐. 단, 뱀파이어 중에도 원래의 행복했던 과거로 되돌아가고 싶은 사람이 많다는 것을 알아줬으면 해. 그리고 백야에도 곧 연락해 볼 생각이야. 이런 뜻을 가진 뱀파이어가 있다고…….”

“오빠, 그 동안 많이 힘들었지……?”

“이젠 나도 평범한 사람으로 살고 싶다. 언제까지 피를 원하고, 참으면 참을수록 고통에 빠지는 이런 삶을 살고 싶지는… 않으니까.”

홍광태가 고개를 푹 숙였다.

그의 축 처진 어깨에서는 그 동안의 고민과 시련, 아픔이 묻어났다.

“오빠, 좀 더 마실래요?”

“그래, 한 병으론 부족하다. 주사는 안 부릴 테니 걱정 말고. 자, 마시자.”

“그래요, 오빠. 짠!”

차예련은 그렇게 새벽 내내 홍광태와 술잔을 기울였다.

그는 한 가지를 제외한 모든 것이 정상적이고 또 행복한 사람이었다.

그에게 꼭 필요하지만 이뤄지지 못한 것.

그것은 원래의 평범한 삶으로 돌아가는 것이었다.

차예련은 주제넘은 참견이 될 지라도 꼭 홍광태를 도와주고 싶었다.

그러기 위해선 현성에게 연락해야 했다.

일방적으로 도움만 받은 현성에게 무언가를 또 부탁한다

는 것이 미안했지만, 그러면 이해해 주리라 믿었다.

　현성이니까.

　그 이유면 충분했다.

＊　　　＊　　　＊

　"이 세계는 담배가 맛있네."

　치이이익— 후욱—

　휘이이이이이—

　새벽의 차가운 칼바람이 부는 건물 옥상.

　리나는 그 위에서 담배를 태우고 있었다.

　요즘 부쩍 맛들인 담배를 연신 태운 탓인지 온몸에서 담배 냄새에 찌든, 기분 나쁜 느낌이 났다.

　생각해 보니 제대로 씻은 지도 일주일은 족히 지난 느낌이었다.

　뱀파이어의 숙주를 찾는 일은 확실히 쉽지는 않았다.

　처음에는 모래사장 위에서 바늘을 찾는 느낌이었지만 이제는 그 범위가 많이 좁혀져 있었다.

　다만 숙주에 대한 의문이 생겼다.

　당초 리나의 예상대로면 숙주를 죽이고 그 피를 이용해 치료제를 만드는 해결책을 생각했었다.

그런 형태의 구조로 뱀파이어 네트워크가 짜여 있을 것이라 생각했기 때문이다.

하지만 얼마 전, 우연찮게 상대하게 된 뱀파이어에게서 전혀 다른 단서를 얻었다.

만약 리나가 생각했던 대로라면, 숙주의 하수인 역할을 하는 뱀파이어는 자신의 역량만큼만 싸워야 했다.

전투력이 100이라면, 100의 양만큼만 능력을 발휘할 수 있는 것이다.

그래서 뱀파이어가 되면 숙주와 무의식적인 교감 혹은 연결점이 생기게 되지만, 그것만으로 뱀파이어가 원래의 능력 이상으로 강해지지는 않았다.

자신이 직접 흡혈을 하고, 능력 각성을 위한 노력을 해야만 강해질 수 있는 것이다.

하지만 만났던 하수인은 달랐다.

리나가 이 근방을 매일 탐색하고 있는 것도 하수인 역할을 하던 놈을 만났기 때문이다.

부지런히 피를 얻어 가져다주는 충실한 노예.

그 녀석의 뒤를 쫓는 도중 의도치 않게 미행이 들켰고 전투가 벌어졌다.

그리고 놈의 목을 따고 완벽하게 숨통을 끊었다고 생각했던 그 순간!

놈이 거짓말처럼 살아났다.

상처가 났던 자리는 빠르게 치유가 되었고, 전과 같은 힘을 되찾았던 것이다.

이것은 생각과는 다른 현상이었다.

자체적인 치유를 하기 위해서는 흡혈이 반드시 필요했다.

그런 과정을 생략하고 치유가 일어났다는 것은 뒤에서 힘을 실어주는 무언가가 있다는 것이다.

여기서 리나는 자신이 그 동안 경험하고, 듣고, 확인했던 것을 이용해 역산(逆算)했다.

겉으로 크게 드러나지 않았을 뿐, 뱀파이어 숙주와 모든 뱀파이어에는 연계점이 있는 것이다.

특히 가까이서 컨트롤이 가능한 하수인에게는 저렇게 직접적으로 힘을 실어줄 수도 있었다.

연결 고리의 존재.

이것은 숙주의 죽음과는 별개로 치료제를 만들어 뱀파이어를 치료해야 하는 방식과 달리, 숙주가 죽는 그 순간, 모든 뱀파이어가 저주 받은 뱀파이어의 삶에서 해방될 수 있음을 뜻했다.

이것은 일장일단을 의미하는 것이었다.

장점은 숙주를 제거하면 모든 문제의 원인이 해결되는 만큼, 뱀파이어들이 해방될 수 있다는 것이고.

단점은 숙주 하나가 원인인 대신, 그 숙주가 무지막지하게 강할 가능성이 크다는 것이었다.

박 신부의 말에 따르면 이 숙주는 아주 오래 전부터 이 땅에 뿌리를 내리고 있었을 가능성이 컸다.

옛날에도 뱀파이어가 있었다는 박 신부의 증언이 그 증거였다.

단, 그때는 숙주가 만들어낼 수 있는 뱀파이어의 개체수가 많지 않았고, 자신이 뱀파이어인지도 모르거나 혹은 처지를 비관하여 죽은 사람이 꽤 되었을 것이다.

어쨌든 그 이후, 현성의 등장과 함께 촉발된 차원의 불균형을 계기로 숙주도 차원 너머의 누군가로부터 힘을 전해 받았을 것이다.

그것을 계기로 하수인을 이용해 뱀파이어 인자를 사람들 사이에 흩뿌리기 시작했고, 지금에 이르게 된 것이다.

리나는 우선 숙주의 위치를 확실하게 파악하기로 했다.

걱정은 그 다음이었다.

이제 놈의 꼬리가 밟혔다.

조금만 더 다가가면, 다리, 몸통, 그리고 실체가 드러날 터였다.

"아, 한 대만 더 태울까?"

방금 다 피운 담배꽁초의 불을 끈 리나가 다시 입에 담배

한 대를 더 물었다.

이쯤이면 중독이라 해도 무방할 정도였다.

후욱— 후욱—

리나는 시간에 쫓기는 직장인처럼 급하게 담배를 빨아댔
다.

그렇게 몇 모금을 급히 빨고 나서야 성에 찼는지, 리나는
마지막 필터 끝을 불태우고는 다시 어둠 속으로 사라졌다.

*　　　*　　　*

"어떻게 될 것 같으냐?"

"느꼈을 거예요. 상대가 만만치 않다는 걸. 완벽하게 빈틈
을 노렸고, 정말 위험했습니다."

"격려의 말이라도 해주고 싶군요."

"괜한 생각은 마라."

자르만과 일리시아, 로키스는 마나 구체를 통해 현성의 모
습을 지켜보고 있었다.

현성은 깊은 잠에 빠져 있었다.

상처의 지혈이 끝나고 겨우 마음의 안정을 되찾은 현성은
자신도 모르게 잠이 들어버렸다.

그만큼 상처의 깊이가 크기도 했고, 블랙 힐을 통한 자가

치유 과정에서 필요로 하는 수면이기도 했다.

5시간을 자면 많이 잤다고 했던 현성이 벌써 12시간째 잠에서 깨어나지 않고 있었다.

몇 번 몸을 뒤척이긴 했지만, 더 많은 수면과 휴식이 필요했다.

현성도 그것을 알기에 박 신부를 믿고 깊은 잠을 청하는 중이었다.

로키스는 자신이 허락하지 않는 한 현성에게 먼저 말을 걸지 말라고 했다.

현성이 흔들리거나, 혹은 스승에게 기대는 식으로 마음이 약해질 수 있기 때문이었다.

자르만과 일리시아는 그런 로키스의 걱정에 동의하는 한편, 홀로 힘겨운 싸움을 치르고 있는 제자가 안타깝기만 했다.

이 모든 상황을 보고 있으면서도 격려 한마디 해주지 못하는 것이 답답했던 것이다.

하지만 로키스는 단호했다.

그리고 두 사람 역시 로키스의 뜻을 모르는 것이 아닌 만큼, 그저 제자가 굳게 마음을 먹고 잘 이겨 내주길 바랄 뿐이었다.

"녀석은 충분히 잘하고 있다. 녀석의 기지를 보지 않았느냐? 물론 의도했던 바는 아니었지만 자기가 중상을 입은 와중에도 똑같이 적에게 그만큼의 상처를 돌려줬지. 이건 자신의 실력에 대한 자신감, 그리고 의지가 없이는 불가능한 일이지. 녀석은 최악의 상황에서 최선의 수를 잘 썼다."

로키스는 현성이 신정우와의 전투에서 보여준 모습을 기억하고 있었다.

아마 평범한 사람 같았으면 상처를 입은 만큼, 빠르게 현장을 이탈하려 했을 것이다.

하지만 현성은 그 와중에도 오히려 자신의 부상을 미끼로 삼아 계속 블링크를 시전하며, 마치 회피하는 듯한 인상을 풍기면서 신정우의 전력을 탐색했다.

자칫 잘못했다가는 목숨을 잃을 수도 있는 자리.

로키스는 그런 현성의 대담함을 높게 평가하고 있었다.

"상대도 만만치 않아 보이더군요. 마법을 쓰는 것 같지는 않았습니다."

자르만은 현성이 보았던 그대로 신정우의 모습을 기억하고 있었다.

마법은 아니었다.

어떻게 보면 마스터의 경지에 오른 검사의 오러 블레이드를 보는 느낌이었다.

검 끝에 기운이 서려 있고, 그 기운이 검의 타격 범위를 더욱 넓혀 상대에게 상처를 입히는 구조였다.

하지만 그가 만약 오러 블레이드를 구사할 줄 아는 검사였다면, 현성이 뿌려놓은 마나의 덫을 눈치채지 못했을 리가 없었다.

"그것은 우리 세계의 것이 아니다. 또 다른 기운, 혹은 어떤 매개체를 쓰는 다른 차원 누군가의 것이겠지. 모든 세계가 마나와 마법을 쓴다고 생각하는 건 아니겠지?"

"물론입니다. 그래서 더 신기하기도 했지만… 그 녀석이 구사하는 검술과 눈빛은 살기로 가득 차 있더군요. 끝을 보지 않으면 안될 것 같은 생각이 듭니다."

"끝을 보아야만 하지. 네 제자가 생각하는 그대로를 그놈도 생각하고 있을 것이다. 방향성의 차이겠지. 세상을 지키느냐, 세상을 내 발밑에 두느냐의 차이……"

로키스가 말끝을 흐렸다.

단시간에 주고받은 일격이었지만, 양쪽 모두 다 상당한 부상을 입었다.

다음번에 다시 마주 칠 기회가 생기고 그때 전력을 다한 혈투가 펼쳐진다면.

분명 누군가는 죽을 것만 같았다.

어떻게든 결판이 날 것 같은 그런 느낌이었다.

                    *   *   *

  한편 뱀파이어 조직은 홍광태의 말대로 내홍(內訌)을 겪고
있었다.

  두 번의 작전에서 철저하게 이용당하고 이후에도 외면당
한 뱀파이어 조직은 결국 상반된 성향의 두 부류로 나뉘어졌
다.

  우선 뱀파이어 전체 소집이 있었다.

  자의로 무리에서 떨어져 나간 자들을 제외하고는 모여서
다시 힘을 합치자는 것이 공통된 의견이었다.

  뱀파이어는 개개인마다 연결된 네트워크도 있었고, 지부
와 지부별로 연결된 네트워크도 있었다.

  소탕 작전 이후 지부라고 할 만한 세력은 사라졌지만, 그래
도 소규모 조직은 여전히 많았다.

  전국 각지에서 뱀파이어가 모여드니 그 수가 상당했다.

  모인 뱀파이어들은 이후의 방향을 놓고 열띤 격론을 벌이
기 시작했다.

  두 개의 노선으로 갈렸다.

  온건 노선이라 불리는 뱀파이어 세력은 정상인의 삶으로
돌아갈 방법에 대해 연구하고, 단계적으로 뱀파이어의 삶을
떨쳐 내기 위한 방법을 찾아보자고 했다.

지금 이대로 블랙 네트워크에 협조하고 살인에 동참하는 것으로는 평생을 죄책감과 두려움에 시달리며 살아가야 한다는 것이 이유였다.

강경 노선으로 불리는 세력들은 반대했다.

돌아갈 방법도 없을뿐더러, 그럴 필요성도 못 느낀다고 했다.

오히려 블랙 네트워크에 적극 협조하여 더 큰 힘을 누려야 한다고 주장했다.

이미 두 차례나 이용당한 전례가 있지만, 강경론자들은 필요에 의한 희생이었다며 외면했다.

문제는 여전히 강경 노선의 뱀파이어 개체가 훨씬 많았다는 것이다.

그들은 남들과는 다르게 얻은 특별한 능력을 놓고 싶지 않아했다.

그중에는 뱀파이어 고유의 능력에 눈을 뜨기 시작해서 슬슬 각성 단계에 접어드는 자들도 꽤 있었다.

평범했던 삶.

그 삶이 스펙터클하게 바뀌고 특별한 삶으로 변하려 하는 그 유혹을 떨쳐내기가 쉽지 않았던 것이다.

온건 노선의 뱀파이어는 더 먼 미래를 봐야 한다고 했다.

지금은 블랙 네트워크를 위시한 능력자가 경찰과 일반인

들을 살해하고 아무렇지 않게 거리를 활보하고 다니지만.

과연 정부나 군에서 마냥 두고만 보고 있겠냐는 것이었다.

실제로 국회에서는 최근에 벌어진 세 차례의 대량 학살 사건, 즉 충장로 사건, 신촌 사건, 현성의 옛 거처였던 안양에서의 사건에서 상당한 인명이 희생된 것에 대한 성토가 나오고 있었다.

그리고 점점 힘을 받고 있는 것이 군을 투입해서라도, 이 소요 사태를 막아야 한다는 것이었다.

정부는 공식적으로 능력자들의 존재를 인정하지는 않았다.

더 큰 혼란을 민간인들에게 야기시킬 수 있기 때문이다.

하지만 이제 심각성을 확실히 느낀다는 것이 움직임으로 나타나고 있었다.

제아무리 날고 기는 능력자이라고 한들, 군경을 포함한 모든 세력이 동원되면 지금의 위치를 유지할 수 있을까?

온건론자들은 회의적이었다.

하지만 온건론자에게도 약점이 있었으니, 바로 그들이 주장하는 '정상으로 돌아가는 삶'에 대한 해법이 있느냐는 것이었다.

홍광태는 이미 선례인 차예련의 경우를 알고 있었지만, 그녀를 보호하기 위해서 말해줄 수는 없었다.

그리고 현성은 이제 막 부상에서 회복 중이었다.

답보 상태로 온건—강경 노선이 첨예(尖銳)하게 대립하는 가운데, 홍광태에게 차예련의 전화가 다시 걸려왔다.

현성과 만날 수 있게 됐다는 연락이었다.

*　　　*　　　*

긴 잠에서 깨어난 현성은 가장 먼저 차예련에게 연락을 걸었다.

오랜만에 핸드폰에 남겨진 그녀의 부재중 연락을 지나칠 수 없었던 것이다.

그리고 그녀로부터 홍광태와 나누었던 이야기를 포함한 그간의 정황을 모두 전해들은 현성은 바로 홍광태를 만나기로 결정했다.

만남은 일사천리로 이루어졌다.

현성은 아직 상처가 완벽하게 아물지 않아 오른손을 사용하기가 편치 않았지만, 그래도 홍광태를 만나는 것을 우선이라 여겼다.

"반갑습니다."

현성이 홍광태를 만난 곳은 교외의 인적이 드문 공터였다.

자정을 막 넘긴 시간.

흐린 날씨에 언제 비가 올지 모르기 때문인지 이따금씩 차들이 다니던 도로도 오늘은 조용했다.

약속 장소에는 이미 차예련과 홍광태가 와 있었다.

그리고 현성과 박 신부와 도착했다.

뱀파이어 중 한 사람을 만나러 가는 자리.

박 신부는 자신도 함께 동행하겠다고 했다.

홍광태 역시 박 신부의 동행을 알리는 차예련의 말에 별다른 거부반응 없이 고개를 끄덕였다.

박 신부가 악명 높은 헌터라는 사실은 잘 알고 있었다.

하지만 그가 사리 분별없이 아무나 죽이지 않는다는 것도 알았다.

무차별적으로 사냥을 즐기는 그런 자였다면 지금 차예련이 살아 있을 수 없었을 것이다.

"반갑습니다, 홍광태 씨. 편하게 박 신부라고 불러주세요."

"안녕하세요, 홍광태라고 합니다. 코앞에서 헌터를 직접 보니 등골이 서늘하군요. 유언이라도 남기고 왔어야 하려나요? 하하하."

"이야기는 이미 예련 씨를 통해서 충분히 들었습니다. 걱정 마세요."

"힘든 발걸음을 하셨군요."

박 신부와 현성이 차례대로 말을 이었다.

"아닙니다. 이렇게 만나주셔서 감사할 따름입니다."

홍광태가 고개를 숙였다.

현성을 만날 약속이 잡히면서 알게 되었다.

그가 백야의 리더이면서 차예련에게 원래의 삶을 돌려준 은인이라는 것을.

그전에 홍광태가 알고 있던 현성은 자신만의 치료법으로 차예련을 뱀파이어에서 벗어나게 해준 사람이었다.

하지만 실체는 더 크고, 특별했다.

뱀파이어와 블랙 네트워크가 가장 껄끄럽게 생각하고 두려워하는 조직.

백야의 리더가 눈앞에 있는 것이다.

한편, 현성은 홍광태를 만나러 오기 전.

리나로부터 연락을 받았다.

내용은 간단하지만 핵심이 담겨 있었다.

그녀가 뱀파이어 숙주의 실체에 상당히 가까워졌다는 것, 그리고 리나가 생각하고 있던 치료법을 다른 각도로 접근해야 되는 것이었다.

뱀파이어 숙주 제거.

그 순간, 최소한 이 세계의 뱀파이어는 자의든 타의든 관계없이 '뱀파이어' 딱지를 떼게 되는 것이었다.

말로는 간단하지만 실제로는 어려운.

그런 해결책이었다.

현성은 차라리 잘됐다 싶었다.

치료제가 있다고 해도, 뱀파이어 본인이 원치 않거나 더 악한 마음을 품으면… 얼마든지 정상인의 삶으로 돌아오지 않고 뱀파이어로서 남을 수 있었다.

그렇게 되면 결국 언제 어디서 새로운 뱀파이어가 등장할지 모를 일이었다.

항상 누군가는 뱀파이어일지도 모른다는 위험성을 가진 채로 있어야 하는 것이다.

하지만 이 방법대로라면.

숙주만 제거하면 모든 것이 끝나는 구조였다.

리나는 오히려 신정우와 같은 능력자를 상대하는 것보다 뱀파이어 숙주를 상대하는 것이 더 어려울 수도 있다고 했다.

신정우는 능력을 얻은 지 얼마 되지 않은 신출내기지만, 뱀파이어 숙주는 수백 년을 뿌리 내리고 살아온 존재였다.

어쨌든 해결책은 확인한 현성이었다.

그래서 더 자신 있게 홍광태를 만나러 올 수 있었던 것이다.

"…지금 뱀파이어는 이런 상황입니다. 사실 기댈 곳이 없는 만큼 강경 발언이 힘을 얻는 것이 사실입니다. 우연찮게 얻은 특별함을 놓고 싶어 하지 않는 자들도 많구요. 여전히 블랙 네트워크를 믿고, 자신들을 지켜줄 거라 믿는 자들도 많습니다."

"비율로 따지면 어느 정도 될까요?"

"일 대 삼 정도 될 겁니다. 저와 같은 온건론자가 일이고 반대가 삼이죠."

현성은 이해할 수 없었다.

벌써 두 번을 호되게 당한 뱀파이어였다.

심지어 현성도 신정우가 뱀파이어들을 총알받이 삼아 이용하고 있다는 사실을 느끼고 있을 정도였다.

한데 여전히 뱀파이어의 대다수가 신정우를 믿고 의지하는 모습이었다.

힘에 대한 동경일까?

아니면 일반 사람들의 세계에서 밀려난 외로움의 도피처인 걸까?

현성은 우선 홍광태와 뜻을 같이하는 사람들.

즉, 원래의 삶으로 돌아오고 싶어 하는 의지가 있는 사람들은 지켜주고 싶었다.

지금까지 상대했고, 현성이나 현성 일행의 손에 죽은 뱀파이어 중에도 그런 뱀파이어가 있었을 수도 있었다.

하지만 그건 중요하지 않았다.

지나간 일을 되돌려 곱씹어보고, 잘잘못을 생각하고 싶진
않았다.

"우선 결론부터 말씀을 드리려고 합니다. 가장 궁금해 하
실 부분이기도 하고요."

"사실… 그렇습니다."

홍광태가 고개를 끄덕였다.

이런저런 말을 돌려하긴 했지만, 결국 홍광태가 궁금한 것
은 원래의 삶을 되찾을 수 있냐는 것이었다.

그것이 중요했다.

희망이 없다면, 희망이 없다고.

있으면 있다고.

속 시원히 말해줄 사람이 필요했고, 그 사람이 현성이었다.

"가능합니다. 일반인의 삶으로 돌아갈 방법이 있습니다.
홍광태 씨와 뜻을 같이하는 동료뿐만 아니라, 모든 뱀파이어
가 해방되는 방법이."

"오… 그런 방법이 있습니까? 전혀 뱀파이어 사이에서도
알려지지 않은 이야기인데요."

홍광태의 두 눈이 빛났다.

차예련도 호기심에 가득 찬 눈빛이었다.

자신을 직접 치료해 주었던 방법이 아닌 다른 방법이 있는

가 싶었던 것이다.

"이 세계, 그러니까 지금 우리가 마주하고 있는 뱀파이어는 흡혈을 통해 인자가 번져 나가는 것은 맞습니다. 하지만 계속 거슬러 올라가면, 그 핵의 역할을 하는 존재가 있습니다. 지칭하기 편하게 숙주라고 하죠. 그 숙주가 뱀파이어 네트워크를 연결시켜 주고, 유지시켜 주고, 뱀파이어의 흡혈 욕구와 본능을 자극하는 역할을 합니다. 뱀파이어답게, 뱀파이어로서 행동하도록 만들죠."

"숙주라니……."

홍광태는 적잖이 당황한 눈치였다.

숙주.

세균이나 바이러스, 기생충에 대해 알아볼 때나 들어봤을 법한 단어였다.

"그 숙주를 제거하면 모든 뱀파이어의 속박이 풀리고 인자가 사라지게 됩니다. 해결책은 그래서 하나죠. 숙주를 제거하면 됩니다."

"…하지만 그게 쉽지 않겠군요."

"그럴 것 같습니다. 하지만 불가능한 일은 아니죠. 방법이 확실하게 존재합니다."

살짝 실망한 듯한 홍광태의 말에 현성이 미소로 받으며, 그를 격려했다.

"예련이를 해방시켜 주었던 그 방법은……."

"가능한 방법이지만, 단 한 번만으로도 제가 목숨을 위협받을 정도로 매우 힘든 작업이었기에. 모두 구해드릴 수가 없습니다. 원론적인 해결 방법은 되지 않아요."

홍광태도 자신도 모르게 실망한 기색을 내비친 것을 느꼈는지 이내 고개를 저으며 말했다.

"하하, 사람 마음이 참 간사하군요. 해결책을 마치 감기처럼 약 하나 먹으면 낫는 그런 걸 생각했나 봅니다. 어쨌든 이건 정말 희소식이군요. 해결책이 있느냐 없느냐의 문제 아니겠습니까?"

"그렇습니다."

홍광태의 말에 현성이 고개를 끄덕였다.

그러자 옆에 있던 박 신부가 자연스럽게 대화에 참여했다.

"하지만 이 이야기를 뱀파이어 조직 내에서 해서는 안 될 것으로 생각합니다. 누군가에게는 희소식이지만, 반대의 위치에 선 자들에게는 위협이 될 수도 있는 소식이니까요."

"그럴 것 같습니다. 이것이 해결책이라는 사실을 알면, 강경론자들은 어떻게든 숙주를 찾아 지키려고 할 겁니다. 어쩌면 함정을 만들 수도 있구요."

"어쨌든 홍광태 씨와 뜻을 함께하는 분들은 민간인을 살해하거나, 블랙 네트워크와 동조하여 적대 세력과 싸울 생각은 없는 분일 테니까요."

"맞습니다."

"기다림이 필요하겠군요."

"이 이야기는 여기 있는 저와 박 신부님, 홍광태 씨와 예련 씨만 알고 있는 겁니다. 다른 곳에서 이 이야기가 들리면, 없던 일이 되는 것은 물론이거니와 숙주를 제거하는 것도 불가능해질 겁니다."

홍광태가 고개를 끄덕였다.

"알겠습니다. 해결책이 있다는 것이 기쁩니다. 이 삶, 정말 오래 할 생활은 아닌 것 같군요. 하하하. 따스한 아침 햇살을 받으며 나른하게 자는 게 꿈입니다."

"그날이 멀진 않을 겁니다. 최선을 다해서 돕겠습니다."

"저도 앞으로 계속해서 연락드릴 생각입니다. 부담 없이 제게 연락주시거나, 연락을 받아주셨으면 합니다."

"물론이죠."

현성과 박 신부가 환히 미소를 지었다.

차예련은 말없이 홍광태의 어깨를 토닥여 주었다.

기다림.

이제 홍광태 자신과 뜻을 같이하는 뱀파이어들에게 필요한 것이다.

현성 일행은 지금 이 시간에도 분주하게 움직이고 있었다.

재촉할 생각은 없었다.

저 터널 끝으로 보이는 불빛.

그 불빛이 점점 가까워지고, 이내 어두운 터널 밖으로 나갈 수 있길 간절히 바랄 뿐이었다.

*　　　*　　　*

"쓸어버리죠. 어차피 싸울 의지도 없는 놈들을 어디다가 씁니까? 괜히 언제 뒤통수칠지 불안해하느니, 그전에 우리가 손을 보는 게 낫지 않겠습니까?"

"우리가 형님의 비호 없이 얼마나 자유로울 수 있겠습니까? 전부 이기적이에요! 신철수 그놈은 끝까지 헛소리를 지껄여댔으니 죽어 마땅했습니다. 블랙 형님께서 직접 말씀하시지 않았습니까. 저희가 없으면 그 어떤 일도 할 수 없다고요."

"선비 행세하면서 마치 자기들은 떳떳한 것처럼 구는 놈들. 개 같은 놈들. 정말 짜증이 나지. 그놈들을 전부 쓸어버려야 하는데."

가산디지털단지 역 근처에 즐비하게 늘어선 원룸촌.

그 원룸 중 한곳에서 열띤 대화가 오고 가고 있었다.

이곳은 지금 대화를 나누고 있는 세 뱀파이어 중, 한 사람의 거처였다.

아지트라고 하기는 애매했지만 적당히 이야기할 장소를 찾다가 자연스럽게 집에 오게 된 것이었다.

대화가 말해주듯, 그들은 홍광태가 말하던 뱀파이어 조직 내의 강경론자들이었다.

그중 리더 격의 인물이 두 사람이 형님이라 부르는 김영권이었다.

나머지 둘은 사촌 형제지간이었다.

이름은 진영화, 진정화였다.

김영권은 처음부터 홍광태를 위시한 약해빠진 뱀파이어들이 마음에 들지 않았다.

뱀파이어 조직은 탄생한 이후 아지트를 확보하고 파밍이라는 신개념 시스템을 정착시키며 상승일로를 걷고 있었다.

그때까지만 해도 뱀파이어들은 자신들이 이 시스템 안에서 평생을 행복할 수 있으리라 믿었다.

뱀파이어 중에는 꼭 신정우가 아니더라도 꽤나 많은 부를 가진 자가 많았다.

아지트를 구하거나 파밍을 위한 장소를 구할 때도 부유한 뱀파이어의 자금이 종종 투입되곤 했다.

게다가 블랙 네트워크와 본격적으로 손을 잡으면서, 모든 작업이 탄력을 받았다.

중구난방(衆口難防)하게 흩어져 있던 뱀파이어들은 각각 지부와 조직 단위로 긴밀하게 모이기 시작했고, 한데 모인 뱀파이어는 그 자체로도 큰 위협이 되었다.

정말 뱀파이어로 살기 싫었고 그렇게 생각했다면.

상승세에 있던 그때에도 주장했어야 했다.

평범한 삶, 인간으로서의 삶을 살고 싶다고.

하지만 그때는 흐름에 편승해서 파밍을 통해 질 좋은 피를 대가 없이 공급받으며 조직의 혜택을 누리더니, 이제 위기에 몰리는 것 같으니 내빼는 것이다.

강경 노선을 취하는 대부분의 뱀파이어 생각이 이러했다.

그러니 좋게 보일 리 없었다.

배신자, 변절자로 보는 것은 물론이거니와 동료 의식을 상실한 쓰레기로 평가하는 자들도 있었다.

이 정도면 차라리 양호한 수준이었다.

김영권이나 진영화, 진정화는 아예 이런 놈들의 숨을 끊어야 한다고 말하고 있었다.

잠재적인 적이나 다름없는 만큼, 한 번에 들이쳐서 목을 칠 놈들은 전부 쳐 내야 한다는 생각이었다.

처음에는 너무 극단적인 방법이 아니냐는 생각이 주를 이뤘지만 시간이 지나면서 달라졌다.

그 동안 동류(同類)를 희생시킨 적대 세력인 백야, 그러니까 헌터 박 신부가 소속된 그 단체와 손을 잡는다는 발상이 엄청난 거부감을 불러일으켰던 것이다.

강경론에서도 극단적인 강경론이 있듯이, 홍광태가 수면 위로 꺼낸 의견은 아니지만 온건론을 주장하는 뱀파이어 중에서도 이런 주장을 한 자가 있었던 것이다.

그것이 도화선이 되어 강경론이 득세하고 하나로 뭉쳐지는 계기가 되었다.

지금 이 자리에서 오고가는 대화는 단순한 탁상공론이 아닌, 결정이 나면 강경파 전체의 행동을 결정할 중요한 것이었다.

"블랙 형님은 무어라 하셨습니까?"

진정화가 물었다.

가장 중요한 것은 신정우의 의사였다.

다른 뱀파이어 앞에서는 사나운 개처럼 굴다가도 신정우 앞에 서면 순한 양이 되는 것이 이들이었다.

"어떤 지원도 아끼지 않겠다고 하셨지. 그리고 불쾌해하셨다. 그 동안 형님이 해주신 것을 잊고 배반하려는 놈들에 대해서. 너희도 알겠지만, 그날 신철수 그놈이 제대로 일처리를 안 하는 바람에 형님도 큰 부상을 입으셨다."

"그렇습니다."

"그 빌어먹을 새끼는……."

망자(亡者)는 말이 없다.

이미 신철수는 죽었다.

죽은 사람에게 분노를 돌리는 일은 쉬웠다.

그날의 책임은 신철수의 것이 아니었다.

신정우조차도 예상 못한 현성의 마나 번 일격.

불가항력이었다.

하지만 신정우는 교묘하게 이것을 신철수의 잘못인 양 포장했고, 희생양이 필요했던 김영권과 두 형제는 이 미끼를 물었다.

뱀파이어 조직은 정말 단물이 다 빠질 때까지라는 말이 어울릴 정도로 신정우에게 이용당하고 있었다.

더 큰 문제는 그것을 알고 있는 뱀파이어가 얼마 되지 않는다는 것이었다.

혹은 설령 알고 있다하더라도 애써 외면했다.

다른 곳에는 기댈 곳이 없다 여겼기 때문이다.

쿵쿵쿵.

"음? 올 사람이 없는데."

갑자기 문을 두드리는 소리가 들렸다.

그리고 문 너머에서 익숙한 목소리가 들려왔다.

"문 열어라, 나다."

"형님?"

목소리의 주인공은 신정우였다.

부상으로 휴식 중이던 그가 직접 세 리더를 찾아온 것이다.

누가 먼저랄 것도 없이 일어선 세 사람은 한달음에 달려 나갔다.

부우우웅—

얼마 뒤.

세 사람과 태운 신정우를 태운 고급 승용차 한 대가 원룸촌을 빠져 나갔다.

김영권과 진영화, 진정화가 도착한 곳은 신정우의 아지트였다.

신정우는 최근 몇 개의 오피스텔을 더 사들인 뒤, 매일 거처를 옮겨가며 머무는 장소로 이용하고 있었다.

정철을 통해 보고받은 바에 따르면 김성희는 어느 정도 기억이 돌아왔다고 했다.

자신의 이름이나 예전의 기억, 그러니까 미술가로 살던 그때의 기억은 돌아왔지만, 신정우와 함께했던 기억은 아예 없다고 했다.

신정우는 그 이야기를 듣고 생각에 잠겼다.

이제 능력을 잃어버려 쓸모가 없어진 과거의 유물.

하지만 혹시나 기억이 돌아와 나중에 자신의 발목을 잡는 일이 생기지는 않을까 싶었던 것이다.

결국 신정우는 생각을 실행으로 옮겼다.

쓸모는 없고 위험이 될 요소만 남아 있다면 자신에게는 무조건적인 마이너스였다.

잘해야 제로, 아니면 마이너스.

그녀의 이용가치는 거기까지였다.

김성희는 평범한 사람의 삶을 다시 시작하려던 찰나, 그렇게 신정우의 손에 죽었다.

자신을 죽인 사람이 한때 자신이 잠시나마 사랑했던 사람이라는 사실조차 기억에 없는 채로.

참으로 씁쓸한 죽음이었다.

*　　*　　*

"음……."

김영권은 잔뜩 긴장해 있었다.

신정우와 이야기를 나눠본 경험은 여기 있는 세 사람 중에서 가장 많았지만, 신정우는 눈빛을 마주보기만 해도 뭔가 주눅 들게 하는 강렬함이 있었다.

조직 내에서는 강경론자로서 큰 소리를 내는 김영권도 신정우 앞에서는 꼬리 내린 강아지처럼 순종적으로 변하는 것이다.

"저는 나가 있겠습니다."

"저는 잠이나 자러."

'손님'이 온 것을 확인한 신상현과 김도원이 김영권에게 눈짓으로 대충 인사하고는 아지트 밖으로 나갔다.

뱀파이어들, 특히 김영권과 같은 핵심 인물은 저 두 사람을 싫어했다.

사실 뱀파이어는 블랙 네트워크의 중추가 될 수도 있었던 세력이었다.

실제로 그분, 그러니까 김성희의 관리를 받던 시절에는 블랙 네트워크에서 뱀파이어 조직을 빼면 아무것도 남는 게 없을 정도라는 얘기가 돌 정도였다.

하지만 소탕 작전 이후 세가 기울었고, 지금은 신상현과 김도원이 이끌고 편입한 조직이 실세가 되어 있었다.

그 실세의 리더가 저 두 사람이니 좋게 보일 리 만무했다.

아니나 다를까, 진영화와 진정화는 연신 신상현과 김도원을 노려보았다.

하지만 정작 신상현과 김도원은 그들에게 눈길조차 주지 않았다.

애초에 신정우도 마음 쓰지 않는 자들이다.

살갑게 굴고 싶지도, 인연을 만들고 싶지도 않았다.

다만 신정우는 필요에 의해 그들이 존경하고 경외(敬畏)하는 형님을 '연출' 하고 있을 뿐이다.

두 사람이 나가고 아지트에는 다시 적막이 감돌았다.

"자, 저기에 앉아서 편히 얘기 좀 할까? 마셔봐, 방금 내린 거라 향이 괜찮을 거야."

신정우가 하얀 대리석 탁자를 가리켰다.

그 위에는 신정우가 미리 준비해 놓은 세 사람의 커피 잔이 놓여 있었다.

세 사람은 꿀 먹은 벙어리처럼 나란히 앉아서는 커피를 홀짝홀짝 들이키기만 했다.

1분여 후.

적막한 분위기를 견디지 못한 김영권이 먼저 말문을 열었다.

"형님, 몸은 좀 어떠십니까?"

"많이 나아졌다. 놈의 일격에 크게 혼쭐이 났지. 물론 놈은 나보다 더한 상처를 입고 도망쳤지만 말이야. 그때 너희들의 도움이 없었더라면 지금보다 더 큰 상처를 입었을지도 모르겠군."

"아닙니다. 해야 될 도리를 했을 뿐입니다."

"형님을 제대로 지켜드리지 못해 죄송할 따름입니다."

신정우의 말에 김영권과 진정화가 앞을 다투어 고개를 조아렸다.

"요즘은 좀 어때? 신철수 그 녀석은 자신의 실수에 책임을 졌고… 여전히 어수선한가?"

신정우가 살짝 운을 뗐다.

눈치가 빠른 김영권은 신정우가 현재 뱀파이어 조직의 사정과 돌아가는 것을 궁금해하는 것을 알았다.

신정우의 앞에서 비밀이란 있을 수 없었다.

"어수선 합니다. 아시다시피 치료법이니 뭐니 하는 말도 안 되는 이야기를 늘어놓으면서 조직을 와해시키려는 놈들이 있습니다. 형님을 믿지 않는 것은 물론이고, 자신들의 과거까지 부정하면서 우리를 손가락질하고 있는 게 아니겠습니까?"

"이미 형님에게 마음이 돌아선 것 같아 보였습니다."

"너희들도 그렇게 생각하나? 내가 너희들을 이용했다거나 하는 그 사람들의 주장에 동의하느냐는 말이야."

"그럴 리가요! 형님이 저희를 이렇게 거둬주시고 챙겨 주신지도 오래 됐습니다. 그 은혜를 어떻게 저버리겠습니까?"

신정우의 말에 김영권이 고개를 격하게 가로 저었다.

그러자 옆에 있던 진영화가 거들었다.

"저희에게 형님은 든든한 버팀목과도 같습니다. 형님이 안 계시면 저희도 없는 겁니다."

"저는 형님이 시키시는 대로 하겠습니다."

진정화가 쐐기를 박았다.

자신들의 충성심을 이 기회에 확실하게 보여주고 싶은 마음뿐이었다.

그만큼 신정우의 믿음, 신뢰, 관심을 갈망했다.

기댈 곳이 없는 뱀파이어 조직과 그 리더의 비극적인 운명이기도 했다.

"나는 내가 힘을 실어준 나의 사랑스런 동생들이 다른 분탕종자에게 휘둘리거나 위협당하길 바라지 않는다. 매일 낮, 매일 밤을 언제 뒤통수를 맞을지 두려워하는 것은 창피한 일이지."

"그렇습니다."

"누가 나의 편이 아닌지 확인은 됐나?"

"예. 명단은 이미 가지고 있습니다. 위치가 애매한 중도인 녀석들도 포함시켰습니다. 간에 붙었다가 쓸개에 붙었다가 하는 놈은 필요 없습니다."

김영권이 결연한 표정으로 답했다.

"정리 좀 하지. 예전의 영광을 되찾으려면 초심으로 돌아가야겠지. 초심을 잃은 녀석들은… 필요 없다. 준비해라. 곧 움직일 테니까."

"옛!"

"예에엣!"

세 사람이 일제히 고개를 숙였다.

자신들이 원하던 답이 나온 것이다.

그 답의 주인공은 다름 아닌 절대적인 능력을 지닌 존재이자 후원자인 신정우였다.

곧, 내전이 시작되려 하고 있었다.

7장
폭풍전야

하루의 시간이 지나고.

"후우. 이제 좀 살 것 같다."

현성이 어깨를 감싸고 있던 붕대를 풀어냈다.

꾸준히 블랙 힐 마법으로 상처 부위를 관리해 준 덕분에 붕대를 풀고 나니, 꿰맨 상처를 제외하고는 거의 완벽하게 아물어 있었다.

새삼 마법의 위력을 실감하는 현성이었다.

꽤 깊은 상처였고 출혈도 많았다.

병원에 갔다면 몇 주일이고 침대 신세를 졌겠지만, 마법은 그 기간을 빠르게 단축시켜 주었다.

하루 종일 잔 탓인지 눈을 떠보니 새벽이었다.

핸드폰에는 여러 문자와 톡이 도착해 있었다.

[금일 본점에서 음식에 대한 클레임이 발생하여 확인해 보았으나, 악의적으로 각 매장을 찾아다니며 트집을 잡는 악성 블랙 컨슈머임이 확인. 그 외에는 별다른 문제없이 잘 운영되고 있으며, 오인오색 본점은 예상대로 이번 달에도 지난달 매출을 경신, 8주 연속 최고 매출 기록 갱신 중.]

[현성 씨, 일어나면 연락 부탁합니다.]

[감사해요. 광태 오빠에게 큰 힘이 될 거예요. 저는 비록 '힘'으로는 도와드릴 수 없겠지만, 도움이 필요하시면 언제든 찾아주세요. 힘이 되어드릴게요.]

[현성 사장님, 나 심심해요. 술이나 한잔할래요?]

상화, 박 신부, 차예련, 정유미순으로 도착한 연락이었다.

상화는 현성에게서 임시로 이사직을 넘겨받은 이후, 매일 밤 저렇게 업무보고식으로 문자를 보내주고 있었다.

오늘은 비교적 짧았지만, 며칠 전에는 3만 자 이상 분량의 업무보고서를 워드 파일로 보낸 적도 있었다.

와일드한, 이른바 '상남자' 스타일의 상화라고 생각했지만 의외로 업무 관리에서는 세심했다.

디테일함을 놓고 보면 현성 자신보다 더 꼼꼼했다.

그래서 믿음이 갔다.

박 신부의 문자는 뭔가 신경이 쓰였다.

우선 차예련이 보낸 것은 인사 정도니 상관없었고, 정유미의 문자도 이해가 갔다.

꽤 오랜 시간을 혼자서 외출도 거의 삼간 생활을 하고 있는 정유미였다.

심심할 만도 했다.

하지만 그녀를 쉬이 밖에 돌아다니게 하는 것이 좋을 것 같단 생각은 들지 않았다.

신정우는 여전히 살아 있고, 현성은 신정우 최대의 적이었다.

현성은 우선 박 신부에게 전화를 걸었다.

두 번 정도 신호가 갔을까?

마치 기다리고 있었던 것처럼 박 신부에게 연락이 닿았다.

─현성 씨, 일어났군요?

"네, 이제 좀 정신이 드네요. 개운한 기분으로 일어났습니다."

─리나 씨에게서 연락이 왔습니다.

"설마……?"

─거의 근접한 것 같다고 하더군요. 길어도 보름 안에는 숙주를 찾아낼 수 있을 것 같다고 합니다. 문제는 다른 부분이지만… 어쨌든 그렇습니다.

"문제가 있다는 건… 리나 혼자서 해결할 수 있는 범주가 아닌 모양이군요."

─그렇습니다. 그래서 대비는 하고 있어야 될 것 같습니다. 또 한 번의 큰 전투를.

박 신부의 목소리는 차분했다.

마치 평범한 일상을 이야기 하는 느낌이었다.

"준비하죠. 리나에게 소식이 다시 한 번 오는 대로."

─예. 그럼.

굵고 짧은 대화가 빠르게 끝났다.

박 신부와의 통화는 항상 용건만 전하고 듣는 식이었지만 한 번도 어색한 적은 없었다.

박 신부는 항상 밝았다.

하지만 이따금씩 혼자 밤하늘을 올려다보거나, 조용히 생각에 잠긴 그의 모습을 볼 때면 가슴 한편의 외로움이 짙게 묻어나기도 했다.

그래서 항상 박 신부를 더 챙기게 되는 현성이었다.

박 신부를 따르는 아이들도 있는 만큼 그가 위험에 빠져서는 안 된다는 것이 현성의 오래된 생각이었다.

현성은 바로 정유미에게 전화를 걸었다.

그녀를 본 지도 좀 되었다.

그녀에게 해줄 이야기도 있었고 그녀 역시 자신에게 물으려는 것이 있는 눈치였다.

―뭐예요, 하루가 지나서 연락이 와요?

"잠을 좀 잤어요. 하루 종일."

―지금 새벽인데? 밤늦게 여자 친구 아닌 여자한테 연락하는 건 실례인거 알죠? 내가 자고 있었을 수도 있거든요?

카랑카랑한 정유미의 목소리가 귀에 또렷하게 꽂혔다.

"문자를 남긴 건 그쪽이거든요."

현성이 무미건조한 목소리로 정유미의 말을 받았다.

뭔가 강하게 확 튕겨 봤는데 돌아오는 리액션이 밋밋하자 당황했는지 정유미가 헛기침을 두어 번 하고는 말을 이어나갔다.

―흠흠. 그러니까 음, 심심하다구요. 술 사달라고, 뭐 그런 거예요. 혼자 마시는 것도 이제 좀 질리네요.

"만나죠. 혼자 자작(自酌)하는 건 별로 잖아요?"

―그러니까요. 그래요! 만나요! 술 좀 사 달라구요! 얼굴 좀 보고 싶으니까.

정유미가 이래저래 말을 돌리는 것이 의미 없다 여겼는지 솔직하게 마음을 털어놓았다.

현성도 정유미의 마음을 이해할 수 있었다.

그녀에게 그간의 근황도 전해줄 생각이었다.

정유미가 직접 현성에게 묻지 않았을 뿐이지 그녀도 어느 정도 눈치채고 있는 모습이었다.

현성은 우선 정유미를 만나보기로 했다.

*　　　*　　　*

쪼르르르.

빈 술잔에 소주가 채워졌다.

현성은 정유미의 오피스텔 근처의 작은 술집에서 그녀를 만났다.

늦은 새벽이라 그런지 손님은 없었다.

"따분해요. 그렇게 활동적인 성격까지는 아니지만 작정하고 안에 처박혀만 있으려고 하니까 쉽진 않네요. 잘 지냈어요? 어수선하잖아요, 요즘."

"다행히 잘 지냈어요."

현성은 정유미에게 굳이 자신이 부상을 당했었던 이야기는 하지 않았다.

그녀가 걱정할 말을 사서 하고 싶진 않았다.

"사실 나 물어보고 싶은 게 좀 있거든요. 그 동안 생각도 많이 했고 이런저런 예상도 해봤구요."

"말해봐요."

소주 한 잔이 채 오가기도 전에 정유미가 먼저 말을 꺼냈다.

뭔가 궁금한 것이 많은 눈치였다.

"현성 씨의 친척이었던가요? 현성 씨의 지인 분이 그 사람들, 그러니까 살인자들이라고 하죠. 충장로, 신촌에서 살인사건을 만들어 낸 흉악범들 말이에요. 그놈들에게 좋지 않은 일을 당하셨다고 들었고, 그래서 현성 씨는 내가 걱정되는 만큼 남들 눈에 띄지 않는 곳에 있으라고 했었죠."

"맞아요."

현성이 고개를 끄덕였다.

부정할 생각은 없었다.

"그런데 얼마 뒤에 현성 씨가 대표이사직에서 물러났단 말이죠? 상화 씨가 임시로 이사직을 맡고 있구요. 근데 현성 씨가 딱히 별다른 문제가 없는데 대표이사직을 잠시 내려놓는다는 거, 난 이해가 안 갔거든요."

"그건……."

"아니, 내 얘기를 끝까지 들어봐요. 따지거나 화내려고 나온 거 아니에요. 정말 궁금해서 그래요. 나 이래뵈도 기자예요. 어느 정도 감각은 있거든요. 거기다가 여자의 육감도 있으니 원 플러스 원이죠."

"그래요, 어디 끝까지 한 번 들어보죠. 후후."

꿀꺽—

현성이 먼저 소주 한 잔을 들이켜며 미소를 지었다.

그녀는 마치 추리소설 속의 탐정이 되어, 문제를 해결하기 위해 골몰하고 있는 모습을 보여주는 것만 같았다.

"처음에는 현성 씨가 날 걱정해서 이렇게 하라고 말한 것 같았어요. 아, 그건 지금도 마찬가지예요. 날 걱정해 주지 않았다면 아무 말도 해주지 않았겠죠. 하지만 뭔가… 현성 씨는 구체적인 위험을 감지한 느낌이었어요. 마치 자신에게 큰 위기가 닥쳐온 듯한? 비유하자면 전장에 나서기 전, 가족과 친구들을 안전한 곳으로 대피시키는 무장의 마음이랄까요? 난 그런 걸 느꼈거든요."

"계속 들어보죠."

"내가 잘 짚고 있는 거 맞아요?"

"다 듣고 나서 얘기해 줄게요. 진지하게 듣고 있으니까."

현성이 미소를 머금은 채로 고개를 끄덕였다.

정유미는 예리했다.

그녀가 아무 생각 없이 현성의 말만 듣고, 지금까지의 시간을 보내온 것 같진 않았다.

"그래서 나는 생각했어요. 왜 현성 씨가 필요한 것보다 그 이상을 챙겨주는 것 같을까? 요즘 사람들, 안전 불감증이잖아요. 살인 사건이 일어나긴 했어도 설마 나한테 그런 일이 일어나겠어? 하는 게 보통이잖아요. 하지만 현성 씨는 좀 달랐단 말이에요. 구체적으로 내가 몸을 숨겨야 하고, 피해 있어야 한단 얘기를 했고. 실제로 그럴 장소를 알아보게 도움도 줬구요."

"그랬죠."

"그런 와중에 큰 사건이 신촌과 안양 쪽에서 터졌어요. 뱀파이어와 살인자들이 관련된… 그 시기에 현성 씨는 일하고 있는 중이 아니었구요. 그리고 블랙 네트워크에 대항하는 백야라는 세력이 있는 건, 많은 사람이 알고 있는 사실이구요. 이쯤이면 어느 정도 앞뒤가 맞는 결론이 나오죠."

"뭘까요?"

"현성 씨는 그 백야에 관련된 사람이거나, 혹은 리더인 거예요. 어때요, 내 추측이?"

절반은 인과 관계와 정황에 따른 예상이고, 절반은 그녀의 예상이었지만 멋들어지게 맞는 결론이었다.

그녀는 정확히 상황을 꿰뚫어 보고 있었다.

그리고 그녀에게 사실을 숨기거나 하고 싶지도 않았다.

정유미가 사람들에게 어떤 사실을 전달하고 알려야 하는 기자라는 직업을 가진 것은 사실이지만, 그녀는 자신이 비밀로 해달라는 부분에 대해서는 충분히 입을 다물어 줄 사람이었다.

단순하고 가벼운 믿음이 아니라, 그녀를 알고 지내오면서 사업적인 파트너쉽 관계도 맺고, 사람 대 사람으로 그녀를 알면서 느낀 것들이었다.

단, 이야기를 꺼내는 이 시점이 현성이 가장 위험한 시기라는 것을, 그러니까 정유미에게 희망적인 메시지보다는 여전히 어렵고 힘든 시기임을 알려줘야 한다는 사실이 현성은 불편했다.

"맞다고 하면 어떻게 반응할 건가요?"

현성이 소주 한 잔을 빠르게 들이키며, 입가에 묘한 미소를 머금은 채 물었다.

그러자 정유미의 표정에 당황스런 기색과 함께 자신의 추측이 맞은 것에 대한 기쁨의 기색이 동시에 비쳤다.

그렇게 오묘한 느낌의 표정을 서로에게 보이고 있었다.

"내가 어쩔 것 같아요?"

정유미가 되물었다.

"그건 유미 씨가 더 잘 알겠죠."

현성이 능글맞게 다시 한 번 말을 받았다.

그러자 정유미가 두어 번 헛기침을 하고는 진지한 표정으로 말을 이어갔다.

"내 예감이 맞는 거예요?"

끄덕.

현성은 대답 대신 고개를 끄덕였다.

현성이 확인을 해주자, 정유미는 놀란 표정을 지으면서도 한편으로는 인정하는 모습이었다.

이미 상식이 깨진지는 오래됐다.

길거리 한복판에서 뱀파이어와 능력자들이 날뛰던 그 시점부터, 지금까지의 사고방식으로 현상을 이해하려 해서는 안 된다는 것을 깨달은 정유미였다.

여전히 많은 사람이 음모론이네 조작설이네 하며 능력자들과 뱀파이어의 존재를 부정했지만.

그건 현실 도피성 생각이고, 발언일 뿐이었다.

수많은 상황이 벌어져 있는 지금.

현실을 직시하고, 빠르게 받아들이는 것이 가장 현명한 생각이었다.

정유미는 후자였던 것이다.

때문에 현성이 백야의 리더, 그러니까 그 역시도 능력자라는 사실에 놀라지 않는 모습이었다.

"얘기… 좀 더 길게 할 수 있어요?"

정유미가 주변을 살폈다.

조용한 술집이긴 했어도 사람이 없는 것은 아니었다.

이런 얘기를 술김에 사람들이 충분히 들을 만한 장소에서 하고 싶지 않은 모습이었다.

현성 역시 비슷한 생각이었다.

"그럼 일어나죠. 유미 씨 사는 곳도 구경할 겸."

"다행히도 나는 깔끔한 편이라서요. 아마 흠 잡을 곳은 없을 거예요. 그럼 가서 맥주로 입가심을 더?"

"나쁠 것 없죠."

현성이 고개를 끄덕였다.

모처럼 만의 음주.

긴박한 하루하루의 연속.

그 사이의 잠깐의 여유였다.

언제 찾아올지 모르는 여유의 시간을 현성은 허투루 보내고 싶지 않았다.

정유미도 자신에게는 소중한 사람이고, 지켜줘야 할 지인 중 하나였다.

오랜 시간 외로웠을 그녀.

그리고 새로운 사실을 알게 된 그녀.

좀 더 그녀의 말동무가 되어주고 싶었다.

*   *   *

정유미가 넉넉하게 산 캔맥주였지만, 어느새 빈 캔이 열 개를 넘어가고 있었다.

정유미야 주당이니 이 정도의 맥주로는 취하지도 않았고, 애초에 현성은 술에 취한다는 느낌을 모를 정도로 술에 강했다.

그나마 보드카나 양주에 약한 편이었지만, 맥주는 이 정도면 거의 보리차 수준이었다.

적당히 기분을 좋아지게 하기에 충분한 정도였던 것이다.

"말하기 어려운 부분은 말해주지 않아도 돼요. 내가 알아도 괜찮은 것만 말해줬으면 해요. 기사로 쓸 생각은 없어요. 그냥 궁금한 거니까. 난 지금의 이 상황을 매우 심각하게 생각하고 있고, 반드시 해피엔딩이 되길 바라는 사람 중에 하나거든요. 평생을 살면서 이번만큼 권선징악이라는 말이 꼭 현실이 되기를 바란 적도 없을 거예요."

"방금 전까지 말한 게 지금까지의 과정이에요. 사람들은 뱀파이어를 두려워하고 있지만, 사실 핵심은 블랙 네트워크, 그러니까 신정우죠. 그는 죽지 않았어요. 죽음을 위장했죠."

현성이 방금 전까지 말했던 것은 능력자가 등장하게 된 배경과 지금까지의 과정이었다.

초창기 현성 일행에게 최대의 적은 뱀파이어였다.

개체가 빠르게 늘어나고 있었고, 실제로 대외적인 활동도 많았기 때문이었다.

하지만 이제 뱀파이어는 소위 '고기 방패' 에 불과했다.

능력자들의 전쟁에서 소진되어 없어지는 총알받이였던 것이다.

물론 여전히 그들이 일반인에게 위협인건 사실이었지만, 능력자들에 비한다면 차라리 상대할 만한 수준이었다.

"하지만 믿지 않겠죠, 사람들은."

"그럴 거예요. 그 이후로 신정우의 모습을 직접 본 사람은 없으니. 뱀파이어들은 함구(緘口)하고 있고, 저와 일행들이 본 목격담 정도로는 증명할 수 없죠. 놈은 은밀하게 움직이기 때문에 더더욱 증명할 수 없어요."

"결국 신정우가 죽어야 이 악순환이 끝을 맺게 되나요?"

"놈이 죽는다고 완전히 끝나지는 않겠지만, 적어도 큰 산 하나는 넘게 되겠죠. 제가 죽지 않는 한, 악행을 저지른 놈들을 단 한 명도 살려둘 생각이 없어요. 법의 심판? 무기징역이 전부겠죠. 제대로 가둬둘 수 있을지도 의문이죠. 놈들은… 반드시 그 끝을 볼 겁니다. 내가 살아 있다면 말이죠."

정유미는 한동안 묵묵히 맥주를 들이켰다.

자신이 21세기를 살고 있는 것인가 싶었다.

아주 잠깐이지만, 꿈을 계속 꾸고 있는 게 아닌가 싶기도 했다.

현성이 지금 자신에게 해준 이야기들은 만약에 기사로 만들었을 경우, 엄청난 특종이 될 수 있을 만한 이야기들이었다.

기자인 그녀라면 관심을 가질 만한 내용들.

하지만 그녀는 기자로서의 본능보다, 현성이 현재 처한 상황을 안타까워했다.

그는 몇 안 되는 동료들과 힘겹게 싸우고 있었다.

세상 대부분의 사람들은 두려워하기만 할 뿐이다.

실질적인 도움을 줄 수 있는 사람은 많지 않았다.

자신 역시 현성과 동료들의 보호를 받아야 할 '일반인' 중 하나일 뿐이었다.

"한 캔 더 해요. 괜찮죠?"

"물론이죠."

정유미는 현성에게 힘이 되어주고 싶었다.

하지만 의미 없는 미사여구를 담은 격려 같은 것은 의미 없을 것 같았다.

그저 하루가 지나고 또 내일이 찾아오면 목숨을 걸고 싸울 전장으로 나가야 하는 현성에게… 이 시원한 맥주 한 잔으로 힘이 되길 바랄 뿐이었다.

*   *   *

"너무 조용하지 않습니까?"

"조용한 게 왜?"

"어제까지만 해도 으르렁거리던 녀석들이 안 보이니 이상해서 말입니다."

아침부터 시작된 비는 하루 종일 내렸다.

자정을 지나 깊은 밤이 되자, 사방은 더욱 어두워졌다.

홍광태를 비롯한 온건 노선의 뱀파이어가 모여 있는 아지트는 필요한 부분만 밝힌 몇 개의 백열전구의 불빛을 제외하고는 온통 어둠으로 짙게 물들어 있었다.

원래대로면 출근을 했어야 할 시간이지만, 오늘은 휴일이었다.

심야 데이트를 즐기자는 여자 친구의 말을 일이 있다는 평계로 대충 둘러대고 이곳에 온 이유는 앞으로의 움직임에 대한 확고한 결정을 내리기 위해서였다.

홍광태는 우선 이 아지트에서부터 벗어날 생각이었다.

이 아지트는 신정우가 제공한 장소였다.

어떤 형태로든 블랙 네트워크에 엮여 있는 사실이 홍광태는 불편했다.

그것은 다른 뱀파이어에게도 마찬가지였다.

신정우의 우산이 필요한 진정화, 진영화 형제가 김영권 같은 충성스런 뱀파이어에게는 좋을지 몰라도, 홍광태 같은 뱀파이어에게는 부담이었다.

초창기의 뱀파이어는 흡혈의 본능을 제어하는데 애를 먹었지만, 적어도 지금처럼 조직적으로 범죄를 저지르지는 않았다.

어떻게든 자구책을 마련해 버티려고 했고, 차예련처럼 버티고 버티다가 암시장 등에서 피를 구하는 식으로 범죄의 유혹을 벗어난 뱀파이어가 많았다.

하지만 뱀파이어가 조직 단위로 뭉치기 시작하고, 블랙 네트워크의 비호(庇護)를 받게 되면서 집단의 성격이 변질되기 시작했다.

가장 먼저 변한 것이 흡혈을 위한 범죄의 정당화였다.

그 대표적인 예가 바로 '파밍'이었다.

추악한 단면이었다.

일반인을 납치해 죽지 않을 정도로만 계속 영양을 공급하면서 생피를 얻어가는… 현대판 공장식 사육이었다.

대상이 동물에서 인간으로 바뀌었을 뿐이다.

모든 일은 첫 걸음을 내딛는 '한 번'이 어려울 뿐, 반복적인 것은 쉽다.

범죄도 마찬가지였다.

처음에는 망설이거나 내켜하지 않던 뱀파이어도 파밍을

필두로 법의 테두리를 벗어나기 시작한 이후, 행동에 거리낌이 없어졌다.

실제로 올해 들어 발생한 실종 사건들 중에 뱀파이어의 소행으로 추정되는 것이 상당히 많았다.

사람을 납치하고 흡혈을 한 다음에 인근의 야산이나 사람들의 눈에 잘 띄지 않는 곳에 매장해 버리면.

흡혈로 인해 수분이 급격히 사라진 시신은 빠르게 부패되어 사라졌다.

누구의 소행인지 밝혀지지 않았지만 대부분 이런 실종 사건은 뱀파이어의 소행이었다.

어쨌든 뱀파이어 초창기의 자정 노력은 이미 사라진지 오래였다.

대부분이 김영권과 같은 강경파가 되었고, 홍광태처럼 여전히 정상의 삶으로 돌아가고자 노력하는 뱀파이어들은 소수에 불과할 뿐이었다.

그래도 수가 적지는 않았다.

아지트에는 100명가량의 뱀파이어가 자리하고 있었다.

먹을 것은 충분했다.

장소만 제공받았을 뿐, 생활은 뱀파이어들이 마련한 것으로 이뤄지고 있었다.

들리는 소문에 의하면 대부분의 뱀파이어가 서울 일대로

집결했다고 했다.

학살 사건으로 인해 뱀파이어에 대한 시선이 안 좋아진 것은 물론이고, 가장 우선적인 척결 대상이 됨에 따라 보호가 필요해지자 개별적인 활동이 불가능해진 것이다.

사람들도 낯선 사람과의 접촉을 꺼렸고, 최근 들어서는 뱀파이어의 수가 오히려 줄고 있었다.

이런저런 일로 희생만 되었을 뿐, 추가적인 유입이 없었기 때문이다.

밤을 새워 장사를 하는 곳들.

이를테면 술집이나 유흥가는 이러한 사회적인 분위기에 가장 큰 직격탄을 맞았다.

외진 곳에 있거나, 주변 치안이 불안한 곳일수록 더더욱 그러했다.

유흥가는 철저한 단속과 관리로 손님의 안전을 보장하겠다고 약속했지만, 이런 약속에 안심하고 방문하는 손님은 거의 없었다.

"굳이 마주치고 싶지 않은 거겠지."

홍광태가 인상을 찌푸렸다.

추적추적 비가 내리는 날씨.

홍광태는 이런 날씨가 가장 싫었다.

이상하게도 흡혈 욕구가 평소보다 곱절 이상으로 치솟기

때문이다.

오늘로 흡혈을 참은 지 일주일째.

확실히 한계점이 오기는 했다.

정말 못 참을 것 같을 때.

한 모금만 마실 생각이었다.

만약을 대비해 준비해 놓은 수혈용 팩이 있었던 것이다.

홍광태처럼 처음부터 잘 관리해 온 뱀파이어들은 흡혈 욕구를 수월하게 통제할 수 있었다.

하지만 처음부터 참는 습관을 들이지 못한 뱀파이어들은 절대 할 수 없는 일이기도 했다.

그래서 온건 노선의 뱀파이어의 숫자가 줄어드는 것도, 피를 구하는 과정은 너무나도 어렵고 그 과정 동안을 참는 것이 힘들기 때문이었다.

"괜히 불안합니다. 그놈들, 공공연하게 우리들을 죽이네 어쩌네 하지 않았습니까. 변절자니 뭐니 하는 말들로요."

홍광태의 옆에 선 남자가 심각한 표정으로 담배를 입에 물었다.

이름은 조원석.

그 역시 홍광태처럼 자신을 완벽하게 컨트롤하고 있는 뱀파이어였다.

그는 꼭 정상인의 삶으로 돌아가고 싶다고 했다.

사랑하는 가족을 위해서라도.

다섯 살배기 딸과 세상에 둘도 없는 예쁜 부인을 가지고 있는 그는 현재 가족에게는 외국에 파견 근무를 나온 것으로 되어 있었다.

다행히 예전에 일을 하면서 벌어놓은 돈이 충분히 있어, 매달 필요한 만큼의 생활비는 부쳐 줄 수 있었다.

앞으로도 몇 개월간의 여유는 충분히 있었다.

다만 이런 생활이 언제 끝날지 알 수 없다는 것.

그것이 조원석을 답답하게 만들었다.

"그놈들이 우리를 없애서 남는 게 뭔데? 남는 건 아무것도 없지."

"적어도 블랙한테는 잘 보일 수 있을 지도요. 점수 따기에는 좋지 않겠습니까. 그놈들은 영혼까지 팔 놈들이니까요. 그렇게 당했는데 모를 정도면……."

"독한 놈들이긴 하지만 생각까지 없을까. 우리가 없으면 그놈들도 없어. 벌써 두 번이나 당했는데도 정신 못 차리면 다음번에 당할 때는 끝이야. 뱀파이어라는 이름 자체가 사라질지도 모르지. 이용만 실컷 당하고 사라진 바보 같은 놈만 되는 거겠지."

"그렇겠죠?"

후욱—

조원석이 담배 연기를 깊이 들이켰다.

창밖의 비는 점점 굵어지고 있었다.

날씨만큼이나 착잡한 마음.

가족 생각이 또 났다.

"후, 씨발! 그때, 그년만 아무 생각 없이 안 만났어도……."

예전 기억에 화가 치밀어 오른 조원석이 욕을 내뱉었다.

그가 뱀파이어가 된 계기를 만든 장본인은 옛 연인이었다.

지루한 일상에서 탈피하고자, 걸려온 옛 연인의 전화에 아무 생각 없이 만나러 나갔던 게 탈이었다.

지금도 부인은 알지 못하는 외간 여자와의 하룻밤.

그 하룻밤을 보내는 과정에서 조원석은 흡혈을 당했다.

목숨은 부지했지만 뱀파이어로 변해 버렸던 것이다.

그녀를 원망하고 싶었지만, 이후 그녀는 현성의 대대적인 뱀파이어 소탕 작전 당시에 죽었다.

여러 경로를 통해 들은 얘기에 따르면, 파밍 개체를 찾는 데 열을 올리고 악랄하게 그 피를 취했다고 했다.

차라리 잘된 죽음이었다.

"이제부터 움직일 시간인데. 어째 좀 피곤하네요."

"그러게. 나도 몸이 무겁군. 커피나 한 잔 할까?"

"그럴까요?"

유달리도 평소보다 더 몸이 무거운 날이었다.

뱀파이어들에게 이 시간은 낮이나 다름없었다.

일반인에게는 잠이 드는 자정이지만, 뱀파이어들에게는 정오와 같은 느낌의 시간.

한데 이상하게 피곤한 것이 영 기분이 나빴다.

"그럼 먼저 커피 한 잔 타놓고 있겠습니다."

"그래."

조원석의 말에 홍광태가 고개를 끄덕이며, 주머니에서 담배 한 대를 꺼냈다.

그들의 아지트.

폐공장 근처는 가로등 불빛을 제외하면 조용하고 어두웠다.

서늘한 비바람이 담배 한 모금을 즐기기에는 썩 나쁘지 않은 날씨.

하지만 이상하게 오늘은 몸 컨디션부터해서 하나부터 열까지 주변의 모든 것이 마음에 들지 않았다.

"하아."

깊이 터져 나오는 한숨.

홍광태는 아무 생각 없이 계속 담배 연기만 들이켰다.

그나마 담배라도 물고 있으면 머릿속이 진정되는 느낌이었다.

첨벙―

"……."

바로 그때.

이질적인 소리 하나가 들렸다.

어둠에 가려져 있는 수풀 너머의 길 쪽에서 물웅덩이에 무언가가 닿았다가 떨어지는, 그런 소리가 들렸던 것이다.

떨어지는 빗방울의 소리?

아니었다.

길거리를 배회하는 들고양이나 들개의 움직임?

아니었다.

이것은 완벽하게 사람의 발자국 소리였다.

8장
동족상잔(同族相殘)

"우리가 처리하겠습니다."

"구경이나 하라는 얘긴가?"

"우리끼리의 일입니다. 굳이 당신들이 수고할 필요는 없지 않겠습니까? 괜한 피해를 볼 필요도 없습니다."

홍광태가 머물고 있는 아지트로부터 300여 미터 떨어진 곳.

평소에는 인적이 드문 곳이었다.

새벽에는 사람은커녕 지나가는 차 한 대도 없는 곳이지만, 지금 이 자리에는 수백 명의 인원이 자리하고 있었다.

김영권이 이끄는 뱀파이어 조직과 신상현, 김도원의 무리까지 모두 와 있었던 것이다.

신정우의 명령이 내려지고.

김영권과 진정화, 진영화 형제는 빠르게 움직였다.

목적은 간단했다.

신정우에게 비협조적인 뱀파이어를 처단하는 것.

그것이 전부였다.

이미 김영권으로부터 충분한 세뇌를 받은 뱀파이어들은 그를 따라 신속하게 움직였다.

해답은 블랙 네트워크뿐이다.

그들의 보호를 받는 것만이 좁아진 뱀파이어의 입지를 원래대로 돌리는 길이라 굳게 믿는 뱀파이어들은 오늘의 전투에 사활을 걸고 있었다.

다들 독기가 가득했다.

김영권은 움직일 준비를 하고 있는 신상현과 김도원을 제지했다.

어찌 보면 집안싸움과도 같은 이 일에 그들의 힘이 개입되는 것이 탐탁지 않았던 것이다.

나중에 생색이라도 내는 꼴을 본다 치면 더욱 속이 뒤틀릴 것만 같았다.

지금은 신상현과 김도원이 신정우의 총애(寵愛)를 받고 있는 만큼, 최대한 존대를 붙여가며 정중하게 말하고 있었지만… 김영권과 진씨 형제는 저 두 사람을 극도로 싫어했다.

물론 그 무리도 마찬가지였다.

"그렇다면 나는 뭐 구경이나 하는 걸로. 귀찮았는데 잘됐네."

김도원이 어깨를 으쓱하며 뒤로 물러섰다.

뱀파이어들을 죽이는 것에는 별다른 흥미가 없었다.

뜨거운 피가 살아 숨 쉬는 일반인을 죽이는 것이 훨씬 더 즐거운 일이었다.

김영권의 말대로 이번 일은 뱀파이어, 그들끼리의 일이었다.

굳이 집안싸움에 자신의 힘을 빼고 싶은 생각은 없었다.

동료들도 비슷한 생각을 했는지 달리 말이 없었다.

"엄밀히 말하면 나도 관련된 일이기도 한데. 그래도 끼어들지 않길 바란다는 건가?"

"후후, 신상현 씨는 저희와는 사는 세계가 다르죠. 굳이 아랫것들의 일에 신경 쓰실 필요는."

진영화가 고개를 저었다.

그들도 신상현이 뱀파이어라는 사실은 알고 있었다.

김영권이나 진씨 형제도 어느 정도 자신의 능력을 각성하고 힘을 다룰 줄 알았지만, 신상현에 비하면 새 발의 피나 다름없었다.

　신상현은 뱀파이어 조직에 대한 애착도, 미래에 대한 고민
도 없었다.

　다만 같은 뱀파이어로서 그들과 대립각을 세우고 싶어 하
지는 않았다.

　어느 정도 도움을 주면, 최소한 나중에 생색 정도는 내 볼
수도 있는 것이다.

　"알아서 충분히 해결할 수 있다?"

　"저희가 아무 생각 없이 블랙 형님에게 이번 일을 말씀드
렸겠습니까? 형님이 원하시는 일입니다. 그리고 자신도 있구
요. 단지 시간문제일 뿐이고, 이제 그 시간이 왔습니다. 정리
는 금방 끝납니다."

　"그럼 구경이나 하지."

　"예, 그것이 정답입니다."

　적의(敵意)가 잔뜩 밴 대답이었다.

　신상현이나 김도원이나 눈치가 없지는 않았다.

　뱀파이어들이 꽤나 자신들, 그러니까 두 사람을 싫어하고
있다는 것은 본인들이 더 잘 알고 있었다.

　아쉬울 건 없었다.

　단지 손맛을 볼 기회가 사라졌다는 게 아쉬울 뿐이었다.

　신상현이 살짝 뒤로 물러서자, 그를 따르는 부하들도 자연

스럽게 물러섰다.

조직원은 보통 리더의 성향을 닮기 마련이다.

김도원이나 신상현이나 뱀파이어들을 썩 좋아하지 않았기 때문인지, 그들도 뱀파이어를 보는 표정에 적의가 가득했다.

"다들 준비됐나."

김영권이 뒤를 돌아보자, 운집한 뱀파이어들이 고개를 끄덕였다.

마치 목숨을 걸고 전장에 나가는 병사를 보는 듯한 느낌.

"크큭."

김도원은 이런 모습들이 우스웠는지 웃음을 터뜨렸다.

꽤나 거슬리는 웃음소리였지만 뱀파이어들은 애써 그를 외면했다.

지금 중요한 것은 김도원의 웃음소리 같은 것이 아니었기에.

"자, 간다!"

김영권이 앞서 달려 나가기 시작하자, 뒤질세라 뱀파이어들이 뒤를 따랐다.

신상현과 김도원은 멀찍이서 그 모습을 지켜보았다.

그리고 어느 정도 뱀파이어가 어둠 속으로 멀어지고 나자 김도원이 코웃음을 치며 말했다.

"후훗, 이래저래 구경거리가 생겼군요. 저놈들은 끝까지 모르지 않겠습니까?"

"…그것도 운명이라면 운명이겠지."

"하긴. 불나방이 불길 속으로 뛰어들면서 자기 죽을 줄 아는 건 아니니까요. 딱 불나방의 모습 아닙니까. 누가 이기든, 누가 지든… 아무 의미 없는 싸움."

"지금 저 녀석들에게 저것이 최선이라 생각된다면 그렇게 하게 두면 되겠지. 어차피 선택에 대한 책임도 저 녀석들의 몫이니."

"우린 이제 뭘 할까요? 담배 한 대 태우시겠습니까?"

"좋지."

김도원이 주머니 속에서 담배를 꺼내 신상현에게 건넸다.

두 사람은 사이좋게 라이터로 담배에 불을 붙인 후, 저 멀리 점이 되어 사라져 가는 뱀파이어들의 뒷모습을 보았다.

쏴아아아—

빗줄기는 더욱 굵어졌다.

신상현과 김도원은 한동안 말없이 저 멀리 불빛이 반짝이는 건물을 지켜보고 있었다.

*　　　*　　　*

첨벙첨벙!

"하. 설마가 사람을 잡는 게 이런 건가?"

탁!

투타타타탁!

홍광태의 반응은 빨랐다.

불안한 예감은 현실이 되었다.

어둠 속에서 모습을 드러낸 것은 다름 아닌 뱀파이어들.

바로 강경 세력의 뱀파이어였다.

빗속에 가려 잘 보이지는 않았지만 수가 엄청났다.

홍광태는 바로 물고 있던 담배를 내던지고는 아지트 안으로 전력으로 질주하기 시작했다.

다른 뱀파이어는 몰라도 홍광태의 얼굴은 익히 잘 알려져 있는 상황.

"저기 있다! 저 새끼 잡아!"

그의 얼굴을 확인한 뱀파이어들이 동시에 홍광태를 가리키며 소리쳤다.

"공격! 공격이다! 모두들 정신 차려!"

다들 강경 노선의 뱀파이어들과 세워진 대립각이 언제든 불씨가 되어 터져 나올 줄은 알고 있었지만, 이런 공격은 예상 밖의 것이었다.

홍광태는 그들의 눈빛을 보는 순간 느꼈다.

위협이나 협박 따위로 굴복시키려는 것이 아니라 완벽하

게 '청소'를 할 목적으로 왔다는 것을.

눈에 배인 살기 속에는 극도의 혐오와 경멸, 이 두 가지 감정만이 들어 있었다.

"뭐, 뭐예요?"

"죽여 버려, 이 새끼들!"

"와아아아아!"

이미 아지트 안으로 뱀파이어들이 밀물처럼 몰려들고 있었다.

그들은 오른손에 모두 푸른색 띠를 두르고 있었다.

적아를 구분하기 위해서인 듯싶었다.

제대로 된 대비조차 안 되어 있는 온건 뱀파이어들과 달리, 이들은 저마다 흉기로 삼을 만한 단검에서부터 몽둥이까지 모두가 하나씩 무언가를 들고 있었다.

"공격이라고!"

홍광태가 소리쳤다.

"크아아아악!"

푸우우욱!

그러는 사이 첫 희생자가 나왔다.

아지트 입구 근처에서 머리에서 피를 내뿜으며 쓰러지는 뱀파이어 하나가 보였다.

퍼억! 빠악! 퍼억!

인정사정없는 몽둥이 찜질이 쓰러진 뱀파이어에게로 이어졌다.

그들의 움직임에는 아무런 망설임이 없었다.

동류(同類)라는 인식은 없었다.

그저 살기어린 눈빛과 분노로 열심히 두들겨 팼다.

전혀 예상치 못한 공격.

홍광태는 분노했다.

"이 씨발 새끼들, 니들이 인간이냐? 개만도 못한 버러지 새끼들!"

조원석은 이미 아지트 구석에 뒹굴고 있던 철제 봉 하나를 움켜쥐고는 맞서 싸우는 중이었다.

결국 놈들이 선택한 해결 방식은 이것이었다.

예상은 하고 있었지만 선택하지 않길 바랐던 동족상잔의 비극이었다.

홍광태는 냉정하게 상황을 판단했다.

이미 아지트로 밀려들고 있는 뱀파이어들의 수는 곱절 이상을 넘고 있었고, 지금도 밀려들고 있었다.

준비조차 안 된 상황에서 시작 된 전투는 온건파, 그러니까 홍광태 일행에게 철저하게 불리했다.

눈 깜짝할 사이에 벌써 다섯이 죽었다.

부상이나 생포 따위가 아닌, 사망이었다.

허연 뇌수와 피를 바닥에 흩뿌린 채 숨이 끊어진 뱀파이어들.

저 멀리 김영권과 진씨 형제들이 보였다.

놈들은 악랄했다.

이미 숨이 끊어진 시체 위에도 몇 번이고 손에 쥐고 있던 대검을 박아 넣었다.

그때마다 검붉은 피가 얼굴로 튀었지만 신경조차 쓰지 않는 눈치였다.

시작부터 열세인 이 전투의 승산은 없었다.

무장조차 되어 있지 않은 홍광태 일행은 맨몸으로 싸우다가 볏짚처럼 쓰러져 나갔다.

같은 뱀파이어이기에 신체적인 능력이 비슷한 만큼, 흉기를 들고 있는 김영권 쪽이 유리했다.

게다가 한차례의 흡혈로 더욱 강해진 그들은 오랜 기간 흡혈을 중단해 왔던 홍광태 일행보다 더 강했다.

1%의 가능성을 대비하지 못한 자신을 탓했지만, 그건 때늦은 자책이었다.

지금 가장 최선의 수는 이곳을 벗어나는 것이었다.

이미 모든 것이 말려 버렸다.

싸우면 싸울수록 불리해지는 것도, 피해를 입는 것도 자신들이었다.

"형님, 어떻게 할 겁니까! 하아아앗!"

뻐억!

"크어억!"

조원석이 홍광태에게 달려오며 소리쳤다.

그 와중에 앞길을 가로막던 뱀파이어 하나가 목이 비틀어지며 나가떨어졌다.

호리호리한 체구의 조원석이었지만 힘은 장사였다.

목이 180도 돌아간 뱀파이어는 그대로 숨이 끊어져 앞으로 고꾸라졌다.

"빠져 나가야 해."

"예? 이 새끼들 때려잡아야죠!"

홍광태의 말에 조원석이 격앙된 목소리로 외쳤다.

"무슨 수로? 놈들은 아예 모든 준비를 하고 온 거야. 끝을 보려고 왔단 말이야. 저놈들의 수를 봐. 가능할 것 같아? 전부 개죽음 당하지 않으려면 빠져 나가야 한다."

"시발! 형님! 저 새끼들, 정말 이래서는 안 되는 거 아닙니까?"

"투정할 시간 없어. 다 죽게 둘 거야?"

"아아아악, 제기랄!"

조원석이 분노를 가라앉히지 못하고 욕을 내뱉었다.

하지만 이내 홍광태의 말을 이해한 듯 고개를 끄덕였다.

"그러면 어디로 갑니까? 나가서 갈 곳이 있어야죠."

"우리가 처음 만났던 곳. 그곳으로 가자. 일단은 피할 곳이 필요한 거니까."

"알겠습니다. 아아, 이 개버러지 같은 새끼들―!"

홍광태가 말한 곳은 조원석을 처음 만났었던 다른 아지트였다.

아지트라기보다는 오랜 기간 공사가 중단된 폐건물의 지하실을 말하는 것이었지만, 어쨌든 임시 거처로는 충분한 곳이었다.

"가자!"

"형님, 제가 뚫겠습니다!"

조원석이 철봉을 휘두르며 입구를 향해 맹렬히 돌진하기 시작했다.

"전부 날 따라온다! 빠져 나가자! 전력을 다해 이곳을 빠져 나간다!"

그러는 동안 홍광태가 남은 일행을 수습했다.

다행히 난전 와중에도 대다수의 뱀파이어가 홍광태의 말을 알아들었다.

이미 그들도 때아닌 전투를 치르면서 상황이 매우 불리하게 돌아가고 있음을 깨달았기 때문이다.

"뭣들 하고 있어. 막아! 다 죽여 버려! 개미 새끼 한 마리 못

빠져 나가게, 다 때려잡아!"

호락호락하게 통과시켜 줄 김영권이 아니었다.

도망치려는 의도가 훤히 보이는 홍광태의 말에 입구 쪽으로 전력을 배치하기 시작한 것이다.

그나마 불행 중 다행인 것은 홍광태의 판단이 상당히 빨랐다는 점이었다.

그리고 다른 뱀파이어의 생각도 홍광태와 비슷했다는 점이 다행이었다.

그들은 이 전투에 미련을 두지 않고 전력을 다해 입구를 뚫는 것에 집중했다.

일단 이곳을 빠져 나가는 것이 최우선이라 생각한 것이다.

아지트에 위치한 두 개의 입구에서는 피 튀기는 혈투가 펼쳐졌다.

뚫고 나가려는 자와 이를 막으려는 자의 치열한 전투가 벌어졌다.

여기저기서 주인을 알 수 없는 시뻘건 핏방울이 튀었다.

흉기가 허공을 가를 때마다 비명 소리와 함께 뱀파이어가 쓰러져 나갔다.

한데 뒤엉킨 뱀파이어들은 적아를 구분할 새도 없이 무기가 없으면 맨주먹으로 서로를 가격했다.

조원석은 옆구리와 허벅지 언저리에 크고 작은 상처를 입으면서 필사적으로 놈들을 상대했다.

홍광태와 조원석을 필두로 입구의 방어를 뚫기 위해 몸을 아끼지 않은 뱀파이어의 공격 덕분에 이윽고 방어선이 무너지며 나갈 길이 뚫렸다.

난전이었던 탓에 그들끼리도 동선이 뒤섞여, 효과적으로 봉쇄하지 못한 것이 화근이었다.

"뒤도 돌아보지 마! 도망친다! 도망쳐!"

홍광태가 소리쳤다.

분노가 치밀어 올라 당장에라도 방향을 돌려 저놈들을 상대하고 싶은 마음이 굴뚝같았다.

하지만 그건 개죽음으로 이어질 의미 없는 오기일 뿐이었다.

다혈질인 조원석 역시 싸우고 싶은 마음이 강했지만, 냉정하게 상황을 판단하고 참았다.

지금으로서는 싸우면 싸울수록 손해를 보는 것은 자신들이었다.

이미 뱀파이어 조직은, 정확하게 말해서 김영권이 이끄는 강경 노선의 뱀파이어는 자신들을 버렸다.

이젠 동류가 아닌 적이 되어버린 것이다.

몇 마디의 말 따위로 관계를 돌릴 수 있는 그런 상황이 아니었다.

수적으로나 무장 상태나 모든 것이 자신들에게 불리했다.
그렇다면 남은 선택은 우선 이 아비규환의 현장을 벗어나는
것.

그뿐이었다.

홍광태와 조원석의 곁으로 빠르게 모인 뱀파이어들은 비
교적 수월하게 아지트를 탈출했지만, 합류가 늦은 뱀파이어
의 결과는 좋지 않았다.

잠시 뚫렸던 방어선은 다시 모여들기 시작한 김영권 일행
의 뱀파이어에 의해 막혔고, 현장을 채 빠져나오지 못한 절반
의 뱀파이어는 고스란히 희생양이 됐다.

어쩔 수 없는 선택이었다.

만약 그들을 구하기 위해 남아 있었거나, 다시 발길을 돌렸
다면 몰살당한 것은 반이 아닌 '전원'이 되었을 터.

가까스로 아지트를 탈출한 40여 명의 뱀파이어는 홍광태
와 조원석을 따라 최대한 멀리 도망치기 위해 달리고 또 달렸
다.

홍광태의 빠른 판단 덕분에 최악의 참사는 면한 것이다.

"흐흐흐흑……."

목숨을 건 탈출에 성공하고.

쏟아지는 장대비 사이를 가르며 몇몇 뱀파이어가 하염없
이 눈물을 흘렸다.

이 처량한 모습이 그들의 현실이었다.

세상을 원망하며 버린 뱀파이어들.

그들은 이제 동류에게도 외면 받은 떠돌이 신세가 되었다.

"하아. 하아. 하아."

홍광태가 가쁜 숨을 내쉬었다.

얼마를 달려왔는지도 모를 거리였다.

무턱대고 더 어둡고, 더 먼 곳을 향해 무작정 달리기만 했다.

우선은 벗어나야 한다고 생각했기 때문이다.

그리고 나니 한 번도 본 적 없는 야산 근처에 도착해 있었다.

여전히 빗줄기는 굵었고, 시야는 좁았다.

"다들 낙담할 것 없어. 우린 아직 살아 있다. 자, 가자. 좀 더 안전한 곳으로."

홍광태가 동료들을 독려했다.

조원석 역시 묵묵히 동료들을 챙겼다.

일단은 새로운 아지트로 이동할 필요가 있었다.

다음 일은 그 뒤에 걱정해도 늦지 않았다.

*　　　*　　　*

"생각보다 깔끔하게 일이 처리가 안 된 느낌인데요?"

"한심하군."

한바탕 전투가 끝난 직후.

김도원과 신상현이 현장에 도착했다.

그리고는 지나다니는 뱀파이어들의 귀에 잘 들리게 큰 소리로 대화를 나누고 있었다.

마치 들으라는 것처럼.

사실 신상현과 김도원은 얼마든지 이 상황에 개입할 여지가 있었다.

도망쳐 나오는 뱀파이어 일부를 어렴풋이나마 목격했기 때문이다.

추격하려면 할 수도 있었지만, 그렇게 하지 않았다.

굳이 그럴 필요성을 못 느꼈던 것이다.

뱀파이어들이 투덜거리는 소리를 듣고 있다 보니, 홍광태를 비롯한 핵심 뱀파이어가 살아서 도망쳤다는 이야기가 들렸다.

얼추 아지트 근처에 널려 있는 뱀파이어들의 시체만 봐도 예상했던 것보다 적었다.

전멸이었다면 더 많았어야 했다.

이미 큰 타격을 입은 만큼, 앞으로 그들이 위협이 될 가능성은 없었다.

사실 신정우의 입장에서는 온건론을 주장하는 뱀파이어들이 좀 있다고 해서 크게 하려는 일에 지장을 받는 것도 아니었다.

다만 뱀파이어의 내분을 유도하고 이를 통해 충성심을 자극해 좀 더 자신이 쉽게 뱀파이어 조직을 컨트롤할 수 있게 하려는 안배일 뿐이었다.

김영권은 이번 일을 블랙 네트워크의 중차대한 일이라며 떠들어댔지만, 정작 신정우는 별다른 관심이 없었다.

어차피 김영권과 진씨 형제들은 자신이 죽으라면 죽는 시늉도 할 수족(手足)들이었다.

"빌어먹을! 그 새끼들을 놓치다니!"

진정화가 욕지거리를 내뱉었다.

알맹이는 쏙 빼놓고 쭉정이만 건진 느낌이었다.

예상은 했지만 수적에서 압도적으로 우세한 상황에서 놈들을 놓칠 거라곤 생각도 못했던 것이다.

저항은 격렬했고, 명령에 따라 움직이면서도 자기 자신의 목숨을 우선시한 뱀파이어들은 필사적으로 그들을 막지 않았다.

신정우에게 잘 보이는 것도 자기가 살아 있어야 그 혜택을 볼 일이었다.

뱀파이어들은 이기적이었고, 그 이기심이 모여 빈틈을 만들었다.

그 결과물이 지금이었다.

김영권의 리더십은 여타 조직의 리더들과 달리 두려움과 공포를 이용한 강압적인 것이 대부분이었다.

때문에 대부분 복종하는 것처럼 보여도 리더에 대한 충성심이나 신뢰는 없었다.

필요에 의한 복종일 뿐인 것이다.

"반토막으로 일을 처리하려고 우리 도움이 필요 없다고 했나 본데요?"

김도원이 바로 옆에 서 있던 진정화의 귀에 '잘 들리게' 그들을 비아냥거렸다.

"뭐라고요?"

"아니, 뭐, 그냥. 그렇다고. 일처리가 깔끔하게 안 됐잖아. 형님이 명령하신 건 끝을 보라는 거였는데, 끝이 안 났잖아?"

"하아……."

진정화가 한숨을 내쉬며, 욱한 감정을 억눌렀다.

듣기에 아니꼽기는 해도 사실이었다.

"다들 뭐하지? 상황 종료됐으면 그만들 빠지지. 괜히 오래 머물러서 흔적을 남길 필요가 없는데."

신상현이 짜증 섞인 목소리로 말했다.

맡겨놓았더니 일처리는 제대로 못하고.

계속 내린 장대비에 옷이 푹 젖어 기분까지 별로였다.

신상현은 단 한 번도 저들이 자신과 같은, 동류의 뱀파이어라고 생각해 본 적이 없었다.

그저 한심하게 본능과 감정이 이끄는 대로 움직이는 바보들 같았다.

이번 일은 그 멍청함의 끝이었다.

그저 머릿수로 밀어만 붙이면 될 거라고 생각한 단순무식한 판단의 결과물이었다.

"철수한다!"

김영권이 소리쳤다.

신상현의 말대로 남아서 푸념이나 한다고 해서 얻을 게 없는 상황이었기 때문이다.

샤아아아—

생기를 잃은 뱀파이어의 시체들은 빗물과 뒤섞여 빠르게 산화하고 있었다.

약간의 시간이 지나고 나면.

이 자리에는 주인을 알 수 없는 옷가지들만이 어지러이 널브러진 채로 정리될 것이다.

인적조차 드문 이곳.

사람들은 누군가가 여기서 죽었다는 사실조차 모를 터였다.

　　　　＊　　　＊　　　＊

　부우우우웅!

　그로부터 삼십 분 후.

　현성이 탄 세단이 속력을 내며 도로를 질주하고 있었다.

　조수석에는 박 신부가 타고 있었고, 뒤에는 차예련이 앉아
있었다.

　야심한 시각에 세 사람이 동시에 움직이고 있는 것은 바로
홍광태로부터 받은 연락 때문이었다.

　강경 노선 뱀파이어의 기습.

　절반이 넘는 인원의 피해.

　필사적인 탈출.

　그리고 은신.

　굵직한 키워드로 대화 내용을 기억한 현성은 한달음에 홍
광태에게 달려가고 있었다.

　한편 7남매를 통해 안전한 은신처로 사용할 만한 장소를
빠르게 수소문했다.

　"결국 일이 터진 모양이군요."

　박 신부가 입술을 질끈 깨물었다.

　홍광태를 처음 만났을 때부터 어느 정도 예상했던 일이기

는 했다.

하지만 생각보다는 빨랐고 파격적이었다.

"이번 일로 인해 뱀파이어 조직은 완전히 신정우의 수족이 되었다고 봐도 무방하겠죠. 놈들 스스로 자신들의 메리트를 없애 버린 셈입니다. 제가 신정우라면, 이제 뱀파이어는 필요한 대로 써먹고 버릴 일회용품에 지나지 않을 겁니다."

현성이 핸들을 붙잡고 운전을 하면서 말했다.

참으로 근시안적인 생각이었다.

만약 뱀파이어들이 강경, 온건 노선으로 나뉘어 있더라도 서로가 상호보완적인 관계로 남아 있었다면 신정우도 뱀파이어 조직을 함부로 대할 수 없었을 것이다.

눈치를 봐야 하기 때문이다.

하지만 이런 식으로 반대파가 제거되고 자신의 입맛에 맞는 자들만 남았다면?

그저 필요할 때 써먹고, 아니면 버리면 그만이었다.

하지만 한편으로는 잘된 일이라는 생각도 들었다.

물론 홍광태를 따르던 온건 노선의 뱀파이어들이 희생된 것은 아쉽지만.

장기적으로 봤을 때, 이번 일은 뱀파이어 조직의 몰락과 직결될 일처럼 보였다.

어찌보면 적아의 구분이 확실해졌으니, 잘된 일이기도

했다.

현성은 확신할 수 있었다.

이제 신정우의 손아귀에 붙잡힌 뱀파이어들은 철저하게 이용당한 뒤, 버려질 것이다.

"그래도 다행이에요. 살아남은 게 기적이라고 봐야 해요."

차예련이 말을 이었다.

그녀는 생각보다 차분한 표정이었다.

박 신부나 현성처럼 예상했던 일이기 때문이기도 했다.

다만 김영권과 진정화, 진영화 형제의 악랄한 선택에 치가 떨렸다.

제대로 된 대화조차 시도해 보지 않고 무차별적으로 반대 파를 도륙한 그들.

홍광태의 상실감이 어떨지 짐작이 갔다.

"어떤 식으로 안배를 하실 생각입니까?"

박 신부가 물었다.

남아 있는 뱀파이어들을 어떻게 관리할지, 그리고 그들과 어떤 관계를 만들어갈지도 중요했다.

홍광태는 현성과 박 신부와 일면식(一面識)이 있었지만, 나머지는 아니었다.

"우선은 안전한 은신처를 제공하고, 그들을 확실하게 보호할 생각입니다. 그리고 준비해야죠. 곧 리나에게서 연락이 올

테니."

"숙주와 싸우신단 얘기입니까?"

"그렇습니다. 놈의 위력이 어느 정도일지 측정되지 않았으
니까요. 그들의 도움이 필요할 수도 있구요."

"음… 좋은 생각인 것 같습니다."

박 신부가 고개를 끄덕였다.

현성은 우선 수습부터 하기로 했다.

남은 뱀파이어들의 안전을 지켜주는 것이 먼저였다.

그렇게 한참을 달려 도착한 홍광태의 은신처에는 뱀파이
어가 모여 있었다.

다들 크고 작은 부상을 입은 채로 밤새 내린 비에 젖어 있
는 상태였다.

현성 일행은 우선 홍광태를 만났다.

"괜찮으십니까?"

"예, 다행히 목숨은 건졌습니다만… 하하하."

홍광태가 허탈한 웃음을 흘렸다.

마치 패잔병과 그들의 장수가 된 느낌이었다.

물에 빠진 생쥐 꼴로 잔뜩 젖은 얼굴과 머리는 굳이 보지
않아도 처량할 것 같은 느낌이 들었다.

뱀파이어들은 홍광태를 마주하고 있는 현성과 박 신부에

게로 시선을 돌렸다.

얼핏 들은 바가 있기에 현성과 박 신부에 대해서 어느 정도는 알고 있는 그들이었다.

특히 헌터로 유명한 박 신부를 보자, 몇몇 뱀파이어는 시선을 돌리며 은근슬쩍 먼 곳으로 움직이기도 했다.

그들이 뱀파이어가 되었을 때, 가장 먼저 귀에 못이 박히도록 들었던 이야기가 바로 헌터 박 신부에 대한 이야기였기 때문이다.

사실 뱀파이어들이 알고 있는 박 신부에 대한 이야기는 왜곡되어 살이 붙은 부분이 많았다.

뱀파이어를 죽여 그 살점을 구워먹는다거나, 잡아다가 손톱이나 발톱을 하나하나 뽑아가면서 그 고통을 지켜보다가 천천히 죽여준다거나.

이런 검증되지 않은 소문이 태반이었다.

그만큼 박 신부를 두려워한다는 반증이기도 했지만, 정작 당사자 입장에서는 웃긴 일이었다.

박 신부가 뱀파이어라면 남녀노소를 불문하고 잔혹하게 죽인다는 이야기도 잘못된 정보였다.

물론 그는 리나처럼 뱀파이어를 싫어하는 사람이기는 했다.

하지만 홍광태나 조원석, 그리고 여기에 있는 일행처럼 저마다 사연이 있고 자구책을 마련하기 위해 필사적으로 노력한 뱀파이어까지 싫어하지는 않았다.

"우선은 안전히 몸을 숨길 수 있는 장소를 수소문 중에 있습니다. 곧 안내할 수 있을 겁니다."

"어차피 뱀파이어간에 서로의 신상 정보가 공유된 것은 아니니까 저는 원래 살던 곳으로 돌아가면 됩니다. 하지만 대다수의 친구들은 뱀파이어가 된 직후, 가족이나 사랑하는 사람에게서 떨어져 나와 혼자 살고 있었죠. 그들에게는 안전하게 몸을 숨길 곳이 필요합니다. 본의 아니게 신세를 지게 됐습니다만……."

"괜찮습니다. 그런 건 신경 쓰지 마시구요. 지금은 수습에 전념을 다하도록 하죠."

"감사합니다."

현성이 잔뜩 풀이 죽어 있는 홍광태를 달랬다.

최대한 중심을 잡기 위해 애쓰고 있는 것 같았지만, 홍광태 역시 간밤의 전투에서 큰 충격을 받은 느낌이었다.

"우선은 인사를 좀 했으면 합니다. 이제는 좋든 싫든 마주보지 않으면 안 될 사이가 되었으니까요. 남아 있는 사람은 적어도 패악(悖惡)한 그놈들과는 다를 것 아닙니까?"

"그렇습니다."

"시기가 좋지 않게 되었습니다만, 이제는 서로가 도움을 주어야 하는 관계가 되었습니다. 괜찮으시다면 인사를."

"그렇게 하지요."

현성이 여기저기 앉아 있는 뱀파이어를 둘러보았다.

누군가는 현성을 적의에 찬 눈빛으로 보고 있었고, 누군가는 도움이 필요한 듯한 애절한 눈빛으로 보고 있었다.

해결책은 존재한다.

이 사람들을 지독한 불행의 고리에서 벗어나게 해줄 방법이 있다.

필요한 건 시간이었다.

그때까진… 여전히 살아 있는 이 사람들을 안전하게 지켜주고 싶었다.

그리고 인내의 시간을 보내고 나면.

그들도 평범한 삶을 되찾을 수 있을 것이다.

*　　　　*　　　　*

작업은 빠르게 이루어졌다.

발 빠르게 움직인 7남매 덕분에 아침 무렵에 뱀파이어가 몸을 숨길 좋은 장소를 찾았고, 일사천리로 준비가 끝났다.

돈은 충분했고, 새로운 아지트를 임대하는 데에는 오랜 시간이 걸리지 않았다.

현성과 박 신부는 홍광태와 조원석의 도움을 받아, 뱀파이어들 개개인과 인사를 나눴다.

현성도 가감 없이 자신의 존재를 오픈했다.

자신이 백야의 리더이며, 강경 뱀파이어 세력과 블랙 네트워크의 몰락을 위해 노력하고 있다는 사실도.

현성과 박 신부를 통해 그동안 그들이 걸어온 노선과 투쟁에 대해 듣고 나니 적의가 있던 뱀파이어의 시선도 누그러졌다.

몇몇 뱀파이어는 감사의 인사를 전하기도 했다.

날이 밝은 탓에 이동은 저녁으로 미루어졌다.

현성은 우선 간밤의 일로 낙담하고 상처받았을 그들을 위해 가장 희망적인 소식을 먼저 전해주었다.

바로 치료법에 대한 이야기였다.

구체적인 방법이나 과정에 대해 말하지는 않았다.

하지만 확실하게 각인시켜 주었다.

지금 이 고통스러운 뱀파이어로서의 삶을 접고, 완벽하게 일반인으로 돌아갈 수 있는 방법이 존재한다는 것을.

그리고 그 방법을 실현시키기 위해 힘이 필요할 때, 지금 이 자리에 있는 뱀파이어들의 도움이 절대적으로 필요하다는 것을.

현성의 말에 박 신부와 차예련이 힘을 실어주었다.

세 사람이 같은 말로 확신을 심어주자 뱀파이어들의 표정
도 달라졌다.

돌아갈 수 있다는 희망.

그 희망이 기운을 차릴 수 있도록 힘을 주었던 것이다.

뱀파이어들은 현성의 말이 단지 기분을 좋게 만들기 위한
허언이나 농담일 것이라고는 생각지 않았다.

현성은 진지하게 그들과 대화를 나누었고, 짧은 시간이었
지만 충분한 교감이 있었다.

이제 남은 것은 뱀파이어들을 안전하게 보호하면서, 최종
해결책인 '숙주'를 찾는 일이었다.

그 후, 놈을 제거해야 한다.

그리고 그날 밤.

—찾았어.

현성이 기다렸던 연락이 리나에게서 왔다.

9장
추악한 밤의 주인

그날 저녁.

차예련과 7남매의 안내를 따라 홍광태를 포함한 뱀파이어
는 새로운 은신처로 이동했다.

이동은 빠르게 이루어졌다.

차예련과 7남매 앞으로 8개의 차를 렌트했던 것이다.

모두 운전면허가 있었기 때문에, 어렵지 않게 48명의 뱀파
이어를 이동시킬 수 있었다.

한편, 현성과 박 신부는 리나를 만나기 위한 약속 장소로
이동 중이었다.

드디어 찾은 숙주.

현성과 박 신부는 리나로부터 듣게 될 소식이 궁금했다.

놈은 어떤 녀석일까.

그리고 이제 어떻게 상대해야 하는 것일까.

"그날이 오긴 오는군요."

박 신부는 살짝 상기된 얼굴이었다.

뱀파이어 존재 자체의 근원을 찾았다는 사실은 현성만큼이나 박 신부에게도 가슴 떨리는 소식이었다.

"빠르게 움직여야 할 겁니다."

현성이 운을 뗐다.

언제 신정우가 또 뱀파이어를 이용해 지난번과 같은 학살 사건을 일으킬지 모를 일이었다.

이제 뱀파이어 조직의 단속도 끝났으니 더더욱 본격적인 움직임을 보일 가능성이 컸다.

그전에 숙주를 제거한다면 뱀파이어들의 속박은 풀리게 된다.

"한편으론 이런 생각도 드는군요. 만약 우리가 숙주를 상대해 제거한다면 모든 뱀파이어는 해방이 되겠죠?"

"하지만 그 뱀파이어들 중에는 이번에 홍광태 씨를 비롯한 동료 뱀파이어들을 기습한……."

"예. 그놈들도 같이 구제되겠죠."

박 신부는 그 점이 마음에 들지 않는 것 같았다.

맞는 말이었다.

숙주가 곧 뱀파이어의 핵이었고, 그 핵이 없어지면 끝난다.

뱀파이어의 선악을 막론하고, 모두가 구제되는 것이다.

"하지만 이대로 시간을 두는 건 더 많은 나비효과를 만들어낼 겁니다. 이미 동족에게도 무차별적인 공격을 가한 그들이 아닙니까."

"그래서 현성 씨의 말대로 최대한 신속하게 싸움을 준비해야 한다는 사실은 깨닫고 있습니다. 하지만 씁쓸하네요. 악인까지 구제하게 된다니."

"하지만 홍광태 씨의 말대로 핵심 인물은 기억해 두고 있지 않습니까. 그들은 구제되더라도 마땅한 심판을 받게 될 겁니다."

현성이 언급한 '핵심 인물'들은 바로 김영권과 진씨 형제를 일컫는 것이었다.

홍광태는 그들을 따르는 휘하의 뱀파이어에게도 문제가 있지만, 의도적으로 두려움과 공포심을 조장하여 그런 분위기를 만든 세 사람이 가장 큰 문제라고 했다.

아지트 탈출에서도 보였던 모습처럼, 모든 뱀파이어가 세 사람에게 충성하는 것은 아니었다.

그저 약자가 강자의 눈치를 보며 복종하는 척하는 그런 것이었다.

"뱀파이어들이 사라진다… 제 입장에선 이런 생각이 들기도 합니다. 물론 모든 결과가 나온 이후의 이야기이겠습니다만… 해충이 전부 사라진 세계에서 일하게 될 방역업체의 느낌 정도라면 비유가 맞을까요? 꽤나 심심해지지 않을까 하는 생각이 드는군요."

치이이익―

박 신부가 창문을 열고는 담배에 불을 붙였다.

창밖을 바라보는 박 신부의 두 눈에서는 다양한 감정이 교차하는 듯한 느낌이 들었다.

물론 이 모든 고민들은 숙주를 제거하고 난 다음의 일이겠지만.

평생, 아니 수백 년을 뱀파이어 헌터로 살아온 그에게 뱀파이어가 사라진다는 사실은 인생 최대의 적수 혹은 라이벌을 잃는다는 것과 비슷한 의미일 터였다.

"그래도 끝을 보는 게 낫지 않겠습니까?"

"현성 씨의 말이 맞아요. 뱀파이어와의 전쟁을 시작할 때 당연히 그 끝을 볼 생각으로 시작했었으니까요. 이번에 만나게 될 숙주는 제가 그토록 찾아왔던 최대의 적이기도 합니다. 단순히 나타나는 뱀파이어들을 제거하는 것만으로는 이 악연

의 고리가 끊어질 것이라고는 처음부터 생각하지 않았었으
니."

후우우우욱.

박 신부가 입에 문 담배가 깊이 타들어갔다.

현성은 리나가 알려줄 사실들이 기대됐다.

도대체 놈은 어떻게, 어떤 형태로 이 세계에서 뱀파이어를
컨트롤하고 있는 것일까.

어떻게 생겼으며, 왜, 무슨 목적으로 이런 일들을 하는 것
일까.

부우우우웅!

이런저런 생각을 하다 보니 현성 자신도 모르게 엑셀을 밟
고 있는 오른발에 힘이 더욱 들어갔다.

두 사람이 탄 세단은 그렇게 바람을 가르며, 리나와의 약속
장소로 빠르게 달려가고 있었다.

*   *   *

달리기를 20분여.

현성의 세단이 멈춘 곳은 인적이 드문 공터였다.

평소에는 종종 사람들이 찾아와 족구나 배드민턴 등을 즐
기는 작은 운동장이었지만, 전날에 내린 폭우로 날이 제법 쌀

추악한 밤의 주인 275

쌀쌀해진 탓에 오늘은 사람이 없었다.

게다가 여기저기에 물웅덩이가 생긴 탓에 더더욱 운동하기에는 적합지 않은 여건이었다.

"그나저나 오랜만에 보는 것 같네요. 리나 얼굴 다 까먹었습니다."

"그러게 말이죠. 갑자기 어색한 느낌이 들기도 하네요. 하하하."

현성과 박 신부가 주변을 둘러보았다.

아직 리나는 도착하지 않은 것 같았다.

이 세계에 온 목적이 뚜렷했기 때문일까?

리나를 처음 만난 그 이후로, 그녀가 휴식을 취한다거나 시간을 허비하는 적을 본 적이 없는 것 같았다.

그녀의 포커스는 항상 뱀파이어에 맞춰져 있었다.

처음 이 세계에서 눈을 떴을 때부터 그녀는 뱀파이어들을 사냥했다.

이번에도 상당히 오랜 시간을 뱀파이어를 추적하는데 썼고, 간간히 통화했던 이야기대로면 그녀는 잠까지 줄여가면서 하루 24시간을 숙주를 찾기 위해 움직였다.

현성은 새삼 뱀파이어라는 존재 자체가 얼마나 많은 사람들에게 고통과 슬픔을 안겨주었는지 깨달았다.

리나 역시 뱀파이어에 얽힌 과거가 있었고, 박 신부는 뱀파이어 사냥을 위해 평생을 바친 사람이었다.

차예련은 뱀파이어로 인해 남자 친구를 잃고, 자신의 삶마저 잃을 뻔한 피해자였다.

홍광태나 조원석은 평범하게 살았으면, 한 집안의 가장으로 혹은 한 여자의 멋진 남자 친구로 즐거운 삶을 살고 있었을 그런 사람이었다.

"좀 늦었네."

"어? 왜 거기서 나오는 겁니까?"

스으으윽—

리나가 모습을 드러낸 곳은 길가가 아닌 공터 근처의 수풀 사이에서였다.

리나의 모습은 거지의 모습이라 해도 과언이 아닐 정도로 몰골이 말이 아니었다.

씻거나 옷을 갈아입을 생각 없이, 오로지 숙주 추적에만 시간을 투자한 게 분명했다.

"습관이야. 남들 눈에 잘 띄지 않는 루트로 이동하는 거."

"몸은 좀 어때?"

"괜찮아. 보다시피 제대로 안 씻고 안 입어서 냄새가 좀 나긴 하겠지만."

현성의 질문에 리나가 너덜너덜해진 자신의 옷가지를 만지작거리며 말했다.

"일단은 다른 곳으로 이동하는 건 어때? 몸도 씻을 겸해서."

"아무 생각 없이 계속 지내오긴 했는데, 그렇게 말하니까 또 그러고 싶어지네. 우선 이동하면서 얘기할까요. 전해줄 이야기가 많으니."

"그렇게 하죠."

리나의 말에 현성과 박 신부가 동시에 고개를 끄덕였다.

애초에 이야기를 듣자마자 당장 달려갈 생각으로 왔던 것은 아닌 만큼, 리나의 안전을 확인한 것만으로 여기까지 발걸음한 목적은 충분히 달성한 셈이었다.

현성은 우선 자신의 집으로 방향을 잡았다.

박 신부가 조수석에 앉고, 리나가 뒷자리에 앉고.

현성의 세단이 밤 무렵의 한산한 고속도로를 타기 시작하며 주변이 조용해지자, 입을 다물고 있던 리나가 천천히 말문을 열었다.

"결론부터 말하자면 찾았어. 그리고 우리가 생각했던 것도 맞아. 놈이 핵심이야. 놈이 죽으면 모든 것은 끝나."

"결론만 놓고 보면 해결책은 간단하군요."

"응. 놈만 죽이면 되니까."

박 신부의 말에 리나가 고개를 끄덕였다.

"하지만 그래서 어려운 일이겠지."

현성이 말을 보탰다.

예전에도 나누었던 이야기처럼 결국 일장일단이었다.

어떤 형태로 숙주가 존재하든 간에 쉬운 해결책은 없었다.

"놈은 지하실에 몸을 숨기고 있어. 그 몸뚱아리 크기가 얼마나 되는지 알아?"

"설마 그 지하실을 가득 채울 정도라고는 말하지 않았으면 좋겠군요."

"혹시나를 역시나로 바꿔서 미안하지만, 정말 그래. 그 정도로 미친 듯이 인간의 피를 공급받았다는 증거고, 때문에 수백에서 수천에 이르는 뱀파이어가 유지되고 있는 거야. 지금까진 놈이 전면에 나설 힘이 없었어. 무슨 말이냐 하면, 유지는 가능하지만 본격적으로 모든 뱀파이어를 통제할 수 없었다는 거야."

"잠깐. 그 말은 이제는 뱀파이어들 전체를 자신의 수족처럼 부릴 수 있게 된다는 건가?"

현성이 리나의 말에서 포인트를 바로 짚어내서는 되물었다.

사실이라면 중대한 일이기 때문이다.

"바로 그거야. 얼마 남지 않았어. 여기서 좀 더 놈이 더 많은 피를 공급받게 되면, 숙주에게도 각성이라는 게 있어. 각성을 하면 그때는 지금처럼 단순히 연결고리만 가지고 있는 게 아니라 뱀파이어 전체를 자기 마음대로 부리게 될 거야. 물론 뱀파이어는 자기 자신들이 통제당하고 있다는 사실, 아니 기억조차 없겠지. 완벽하게 꼭두각시가 될 테니까."

"더 큰 문제가 있을 것 같은데."

현성이 다시 한 번 짚었다.

"응. 문제는 그렇게 되면 뱀파이어들 전체가 자기들의 능력을 각성하게 되기도 하지. 그럼 개개인이 어마어마한 신체 능력을 가진 살인 병기로 변하게 돼. 지금 그 누구였더라… 신정우? 그 녀석의 따까리들이 움직이는 거랑은 얘기가 다르게 돼. 적어도 놈들은 개체수를 늘리지는 못하잖아. 뱀파이어는 그게 가능해. 그리고 평범한 사람이 뱀파이어가 되는 순간."

"또 하나의 꼭두각시가 생긴다?"

"응. 그래서 더 무서운 상황인거지."

리나의 말을 듣고 나니, 우선순위는 더 확실해졌다.

최우선적인 상대는 숙주였다.

"좀 더 이야기를 들려줄 수 있어?"

"할 이야기가 많아. 걱정 마. 물 한 잔만. 크흠, 크흠."

현성의 말에 리나가 고개를 끄덕이며 마른기침을 했다.

그러자 박 신부가 마침 챙겨왔던 생수 한 병을 그녀에게 건넸다.

꿀꺽꿀꺽—

꽤나 목이 말랐는지, 리나는 단숨에 500ml나 되는 생수병을 비워냈다.

그리고는 시원한 물에 차가워진 가슴 언저리를 손바닥으로 몇 번 쓸어내고는 다시 말을 이어나갔다.

"숙주가 부리는 뱀파이어가 있어. 하수인이라고 표현하면 적당하겠지. 그 하수인 중에 한 놈을 상대할 기회가 있었어. 놈이 어느 정도의 실력인지 보면, 숙주의 상태를 파악할 수 있으니까. 놈들은 말이 하수인이지 매우 강력해. 게다가 숙주에게 오랜 기간 교감을 이어왔으니 더 그렇기도 하겠지. 하지만 아직까진 해볼 만했어. 어떻게 보면 얼마 남지 않은 지금이 마지막 기회야."

"어떻게 접근하면 좋을 것 같아 보여?"

"숙주의 최대 단점은 놈의 몸뚱이가 어마어마하게 커서 직접 움직이면서 싸울 수는 없다는 거야. 하지만 그 대신에 하수인들을 부리기 좋은 꼭두각시로 만들어뒀어. 그렇다면 결론은 하나야. 하수인들의 방어선을 뚫고 숙주의 본신 자체를 타격하는 것. 그게 가장 빠른 해결책이야."

"주의할 점은?"

"내가 확실하게 확인하지 못한 부분이 있어. 싸워야만 알수 있는 부분이기도 하지만… 엄청나게 거대해진 숙주의 몸이 본신이 아닐 수도 있어. 확률은 반반 정도. 지금까지 봐왔던 케이스를 놓고 봐도 확률이 딱 그래."

"그 얘긴 숨겨진 본신이 따로 있다?"

"응. 그럴 경우에는 숙주를 제거해도, 껍질을 제거한 것밖에 되지 않을 거야. 또 다른 놈을 상대해야 하겠지."

"아니길 바라야겠지만."

"그럴 가능성도 염두에 둬야겠지."

"전자든 후자든 쉽진 않겠군요."

"당연히."

세 사람이 이야기를 주고받았다.

어쨌든 확실한 것은 드디어 쫓고 쫓던 숙주의 실체에 접근하게 되었다는 것이었다.

30분 후.

현성 일행은 현성의 집에 도착했다.

쪼르르르.

그리고 리나가 목욕을 하며 오랜 기간 쌓인 묵은 때를 벗겨내는 동안.

현성과 박 신부는 각자의 잔에 커피를 채워 넣고 이야기를
이어가고 있었다.

때마침 7남매로부터 연락도 왔다.

안전하게 뱀파이어들을 아지트로 이동시켰으며 치료가 필
요한 사람들을 돌봐주고 있다는 연락이었다.

달리 걱정하지는 않았지만 일이 잘 마무리되었다는 것을
아니 한결 마음이 놓였다.

"숙주는 하루빨리 제거가 되어야 합니다. 다만 한 가지 짚
고 넘어가고 싶은 것이 있습니다."

"저도 숙주의 빠른 제거는 필요하다고 봅니다. 가급적 빨
리. 그것이 오늘이라고 해도 말이죠. 하지만 마음에 걸리는
부분이 있으신 모양이군요."

"놈이 얼마나 강할지는 리나도 짐작이 가지 않는다고 했
습니다. 게다가 하수인의 수만 해도 최소 열 명 이상은 된다
고 했으니, 지금 우리의 전력으로는 모자랍니다. 저와 신부
님, 리나와 7남매를 합치면 딱 열 명이죠. 이 인원으로는 방
어선을 바로 뚫고 본신에 접근한다는 게 쉽지 않을 겁니
다."

"그 말씀은 이번에 합류한 뱀파이어 전력이 필요하다는 이
야기이구요."

"그렇습니다. 다만 이게 맞는 판단인지 아닌지 싶은 거죠.

희생 없이 치를 수 있는 일이 아니니까."

"전투 과정에서 목숨을 잃을 수 있는 뱀파이어들에 대한 걱정인가요?"

"속 편한 걱정이라 할지도 모르겠습니다만, 그게 맞습니다."

현성이 고개를 끄덕였다.

"저는 자율적으로 그들의 의사에 맡기는 것이 맞다고 봅니다. 강요한다고 해서 될 문제도 아닙니다. 자의냐 타의냐의 문제는 이런 목숨을 건 전투에서는 생사와 직결되는 문제입니다. 의지가 없는 사람이라면 참여해 봤자 개죽음밖에 되지 않을 것이구요."

박 신부가 냉정히 말했다.

"저도 그렇게 생각합니다. 원하는 사람에 한해서 그들과 힘을 합치는 게 가장 이상적이겠죠."

"그렇습니다. 그들의 선택에 대해 걱정할 필요는 없다고 생각합니다. 우리도 우리의 목숨을 걸고 후회 없이 하는 일 아닙니까? 그들이 우리와 함께하기로 마음을 먹었다면, 그들 역시 후회하지 않을 거란 이야기입니다."

박 신부가 다시 한 번 짚어주자, 현성도 자신의 생각이 괜한 기우였다는 것을 깨닫게 됐다.

경우에 따라선 단 한 명도 힘을 합쳐주지 않을 가능성도 있었다.

그때는 접근 방식을 달리해야 하는 만큼, 뱀파이어들의 의사를 빠르게 확인해 볼 필요는 있었다.

"이번 일에도 리나의 힘이 절대적으로 필요합니다. 그리고 마지막 준비를 갖출 시간이 필요하죠. 제가 뱀파이어들을 만나 이야기해 보겠습니다. 신부님께서는 곧 있을 전투를 준비해 주셨으면 합니다."

"물론입니다. 하지만 역할을 좀 바꿔보면 어떻겠습니까? 제가 뱀파이어를 만나 이야기를 하도록 하지요. 현성 씨의 영향력도 크겠지만, 어찌 보면 뱀파이어에게는 제 말이 좀 더 강하고 직선적으로 받아들여질지도 모릅니다. 목숨을 걸고 시작해야 할 전투입니다. 의지가 부족한 아군은 필요 없습니다. 오히려 신경만 쓰일 뿐이죠."

박 신부는 그 어느 때보다도 결연한 표정을 하고 있었다.

상대가 뱀파이어의 리더, 숙주이기에 더더욱 그런 것 같았다.

자신의 속마음까지도 매번 훤히 들여다보는 박 신부이니만큼, 그에게 맡긴다고 해서 일이 잘못될 것 같지도 않았다.

그렇다면 현성은 차라리 이렇게 된 김에 리나가 휴식을 취하고 빠르게 회복할 수 있도록, 힐을 이용해 그녀를 보조해

줄 생각이었다.

"그럼 제가 리나를 돌보고 있도록 하죠. 어느 정도의 휴식이 필요할 겁니다."

"예. 현성 씨도 아직 100%로 몸이 나은 것은 아니니까. 마지막으로 컨디션을 점검하는 게 좋을 겁니다."

"그럼 부탁드리겠습니다."

"부탁이랄 것도 없지요. 제가 뱀파이어들과 잘 이야기해 보고, 도움을 줄 수 있는 사람들을 선별해 놓겠습니다. 데드라인은 24시간으로 하지요. 어떤 결과물이 나오든 내일은 출발하는 것으로."

"이의 없습니다."

현성이 고개를 끄덕였다.

말이 끝나자마자 박 신부는 들고 있던 커피잔을 비우고는 빠르게 자리를 떴다.

입구까지 박 신부를 배웅한 현성은 웃옷을 살짝 벗고, 거울에 비치는 어깨의 상처를 살폈다.

아물긴 아물었지만, 아직 통증은 약간 남아있었다.

그때의 기억은 여전히 남아 있었다.

눈앞에서 보았던 신정우의 얼굴이 아직도 기억났다.

만약 신정우를 그런 장소가 아닌 평범한 길거리에서 만났다면, 그저 그런 길거리에 어울릴 법한 흔한 사람 중 하나라고 생각하고 지나쳤을 것이다.

악랄하게 해온 행동과 달리 신정우는 정말 어디서나 볼 법한 흔한 얼굴을 가진 사람이었다.

하지만 그의 능력은 그렇지 않았다.

현성은 치명상을 입었고 하마터면 목숨을 잃을 뻔했다.

"후아! 시원하네!"

"샤워가 다 끝… 저, 옷은 입고 나오는 게 어때?"

"응? 뭐가 어때서?"

"아무것도 안 입고 나왔잖아."

"그런데 그게 왜?"

"그게 왜라니? 네 몸이 아니라고 해서 아무한테나 보여줘도 괜찮은 건 아니잖아."

"못 볼 건 또 뭔데? 어린 아기도 아니고. 여자 알몸 처음 보는 거 아니잖아?"

답답함을 씻어낸 듯한 리나의 목소리에 시선을 돌린 현성은 적나라하게 드러난 그녀의 알몸을 보고는 시선을 돌렸다.

현성의 핀잔에도 불구하고, 리나는 전혀 개의치 않는 듯 알몸으로 방 안을 활보했다.

쪼르르르르르.

벌컥벌컥.

"크으, 시원하네!"

리나는 컵에 물 한 잔을 가득 담은 뒤, 단숨에 내용물을 비웠다.

그리고는 창문을 활짝 열고서는 쇼파에 걸터앉아 두어 번 깊은 한숨을 내뱉었다. 오랫동안 묵은 기운을 털어내는 듯한 한숨이었다.

졸지에 알몸 구경을 하게 된 현성이었지만, 현성도 리나처럼 달리 개의치 않고 무심하게 넘기기로 했다.

딱히 그녀의 알몸을 보고 있다고 해서 어떤 성적 흥분이나 감정이 느껴지는 것은 아니었다.

"신부 아저씨는?"

"함께 힘을 합칠 수 있을 만한 뱀파이어들을 데리러 갔지."

"되겠어?"

"안 될 건 없지."

"뱀파이어가 자신들의 뿌리를 상대한다… 그러려고 할까? 음, 그럴 수도 있겠네. 놈이 죽으면 자신들은 해방이니까."

"그렇지."

"쉽진 않을 거야. 알지? 우리도 목숨 걸고 싸워야 해."

"알아."

리나의 표정이 이내 진지해졌다.

며칠 밤낮을 어둠 속에서 정신없이 보낸 그녀였다.

숙주는 끊임없이 하수인들을 시켜서 어디선가 피를 구해 왔고 그것을 비대(肥大)해진 몸에 쑤셔 넣었다.

그 광경을 직접 볼 수는 없었어도, 분주하게 하수인이 들락 날락거리는 광경은 볼 수 있었던 것이다.

그 많은 피가 계속 공급되는 사실만으로도 숙주가 얼마나 강할지 짐작이 갔다.

수많은 경험으로 쌓인 지식이었다.

목숨을 걸고 싸워야 한다는 말은 결코 빈말이 아니었던 것 이다.

"하지만 희망적인 메시지도 던져볼 수 있겠지. 놈이 죽으 면 뱀파이어들은 끝이야. 최악의 경우에도 뱀파이어들은 자 신을 속박하던 지긋지긋한 흡혈의 욕구에서 풀려나 평범한 일상으로 돌아갈 수 있을 거고."

"그게 최악이라면 최상은 더 기대가 되는데?"

리나의 가정을 듣고 있으니 그런 생각이 들었다.

사실 현성이 지금 생각하고 있는 해결 이후의 광경은 리나 가 말한 최악의 경우와 같았다.

"최상의 경우에는 뱀파이어의 속박에서 풀려남은 물론이

고, 자신들이 뱀파이어였다는 사실조차 잊게 될 거야. 모든 기억이 뱀파이어가 되기 전으로 돌아갈 수도 있어."

사라지는 기억.

듣자마자 바로는 고개를 갸웃거릴 그런 이야기였지만, 생각해 보니 차라리 그게 낫겠다는 생각도 들었다.

뱀파이어가 된 이후, 홍광태처럼 필사적으로 자신의 욕구를 억누르기 위해 움직였던 것이 아니라면.

대다수의 뱀파이어는 숨기고 싶은 과거를 가지고 있었다.

피를 얻기 위해 일반인을 노렸던 적도 있고, 그로 인해 뱀파이어가 된 피해자도 있었다.

그리고 세상에서 격리되었다는 소외감과 뱀파이어가 된 분노감에 휩싸여, 범죄를 저지른 적도 있었다.

이 수많은 기억은 뱀파이어의 속박에서 풀려난다고 해도 평생의 짐이 될 터였다.

물론 피해자들을 찾아가 사과를 할 수도 있을 것이다.

"아냐, 그건 최상의 경우가 아니야. 절대 그럴 수 없지."

생각에 곰곰이 잠겨있던 현성은 이내 고개를 저었다.

차라리 최악의 경우이기를 바랐다.

리나가 말하는 '최상'의 경우라면, 김영권이나 진씨 형제 같은 악독한 놈들도 자신의 악행을 모두 잊어버리게 될 것이다.

적어도 자신들의 기억 속에서는 아무런 일도 생각나지 않을 것이고, 혹여 심판을 받게 되더라도 왜 그런지 이유조차 모른 채 사라질 것이다.

현성은 그러지 않길 바랐다.

"나쁜 놈들만 골라서 저 혜택이 돌아가지 않게 할 수만 있다면 최상이겠지만, 그럴 수 없으니까?"

"그렇지."

리나의 말에 현성이 고개를 끄덕였다.

"어차피 누군지는 알고 있잖아?"

"일단 이 부분은 나중에 생각하자. 어차피 우리가 원하는 방향으로 결론이 나오지 않을 수도 있는 거니까. 지금 중요한 것은 숙주를 제거하는 것, 그것 외에는 아무것도 없어."

"맞아. 언제 출발할 거야? 시간을 늦춰서 좋을 건 없어."

"내일 밤. 내일 밤에는 모든 준비를 끝내고 출발할 거야."

"좋아. 딱 좋네. 하루는 푹 쉬고 싶었거든. 재충전이 필요해. 이 몸, 정말 약해 빠졌어. 어떻게 굴려먹은 몸인지도 모르겠어. 하아……."

리나가 몸 여기저기를 어루만졌다.

온통 알이 배겨 있었다.

원래 몸의 주인이 통 운동을 안 한 탓에 조금만 무리하면 알이 배기고, 멍이 들었다.

"자, 이쪽으로 내려와서 정자세로 앉아봐. 여기 이 옷부터 걸치고."

현성이 쇼파 앞에 잘 깔린 카페트를 가리켰다.

그리고 서랍장에서 박스 티 하나와 트레이닝 복, 남자용 사각팬티를 꺼내 그녀에게 주었다.

"아, 귀찮다니까."

"입으라면 입어."

"하, 정말 귀찮은 사람이네. 알았어, 알았다구. 뭐하려고 그러는데?"

"힐."

"아! 맞아. 당신 마법을 쓸 줄 알았지?"

"새삼스럽게 왜?"

"까먹고 있었어. 뱀파이어에만 정신이 팔려 있다 보니. 맞아, 내가 여기 온 이유를 깜빡하고 있었어. 당신을 도와주러 온 건데… 당신의 스승님들과 로키스가 날 여기로 보냈는데 이 여자의 몸으로 살다보니까 여기가 꼭 내가 살던 곳인 것 같아졌단 말이야?"

리나의 말에 문득 자르만과 일리시아가 생각났다.

두 사람을 만났던 초창기에는 하루에도 몇 번씩 이런저런 이야기를 나누며, 서로를 알아가는 재미가 있었다.

능력을 깨닫고, 현실에 능력을 접목시키고, 그 과정에서 결과물을 얻었을 때의 쾌감은 지금도 잊혀지지 않는 기억이었다.

지금 현성 앞으로 된 따뜻한 뚝배기 한 그릇과 오인오색 프랜차이즈가 생기게 된 이유도 바로 두 스승이었다.

그들이 없었더라면, 지금의 현성은 존재하지 않았을 것이다.

여전히 택배 상하차 작업소를 드나들며, 하루하루를 벌어먹고 사는 일용직 노동자에 불과했을 것이다.

스승은 예전이나 지금이나, 현성이 잊을 수 없는 은인이었다.

하지만 현성이 본격적으로 뱀파이어 조직과 블랙 네트워크를 상대하게 되면서 두 스승과의 스킨십이 빠르게 줄어들었다.

이후 로키스가 개입되면서 더욱 교류는 줄어들었고, 지금은 그저 스승님들이 자신을 지켜봐 주고 있겠거니 할 뿐이었다.

그렇다고 해도… 여전히 스승을 생각하는 현성의 마음은 한결 같았다.

고마움.

그 단어를 빼고 스승에 대한 감정을 표현하는 것은 불가능
했다.

"그럼 편하게 몸의 힘을 빼고, 눈을 감고 있어봐. 충분한
만큼 회복이 되었다고 생각할 때까지는 멈추지 않을 테니
까."

"알겠어."

"힐!"

샤아아아아—

리나가 자세를 잡고 앉자, 현성이 그녀의 등 뒤에 양손을
얹고는 힐 마법을 전개했다.

백색 섬광이 현성의 양손에서 뻗어져 나오며 빠르게 리나
의 전신을 감쌌다.

"아, 따뜻한 느낌이야."

리나가 두 눈을 감은 채, 만족스러운 표정으로 힐이 가져다
주는 회복의 기운을 느꼈다.

21세기의 대한민국.

이세계에서 영혼만 넘어온 소녀와 이세계에서 넘어온 마
법이라는 힘을 가진 남자.

두 사람의 기묘한 공존이 지금 이 자리에서 이루어지고 있
었다.

"후우. 후우. 후우."

힐의 기운이 들어올 때마다 리나는 심호흡을 반복하며 기운을 받아들였다.

현성의 힐링은 강력했다.

기운의 움직임이 느껴질 때마다, 몸이 회복되는 느낌이 강하게 들었다.

"쉽지 않은 싸움이 될 거야. 각오는 한 거지?"

리나가 두 눈을 감은 채로 힐링이 가져다주는 회복의 힘을 받아들이며 말했다.

"처음부터 어려운, 고난의 연속이었어. 이제와서 달라질 거라 생각 안 해. 나는 항상 가던 대로 갈 뿐이야. 리턴은 없어. 마이웨이일 뿐."

"그런 신념은 나와 같아서 좋네. 내가 원하는 길을 가는 거지. 뒤는 돌아보지 않고."

"그렇지."

"내가 이 세계에 온 가장 큰 이유와 이제 맞부딪힐 시간이네. 잘 부탁해, 현성."

"나야말로."

샤아아아아―

"더 세게 해봐. 더 강하게 해줘."

"그럴까?"

리나의 묘한(?) 부탁에 현성이 마나의 양을 두 배로 늘려 그녀에게 힐의 기운을 불어넣었다.

그렇게… 밤은 깊어가고 있었다.

결전전야(決戰前夜)였다.

『컨트롤러』 7권에 계속…

현대백수 장편 소설

FUSION FANTASTIC STORY

간웅

뇌성벽력이 치는 어느 날!
고려 황제의 강인번을 들고 있던
어린 병사가 낙뢰를 맞고 쓰러졌다.

하지만… 다시 눈을 뜬 이는
현대 대한민국에서 쓸쓸히 죽은
드라마 작가 지망생.

고려 무신 시대의 격변기 속에서 눈을 뜬 회생[回生].
살아남기 위해! 죽지 않기 위해!
그의 행보로 인해 고려는 서서히
변하기 시작하는데……

치세능신 난세간웅(治世能臣 亂世奸雄)!

격동의 무신 시대!
회생, 간웅의 길을 걷다!

Book Publishing CHUNGEORAM

유행이 아닌 자유추구 -
WWW.chungeoram.com

절정고수들이 하늘 높은 줄 모르고 질주하는 현 세상.
서른여덟 개의 세력이 서로를 견제하는 혼돈의 시대.

그 일촉즉발의 무림 속에
첫 발을 디딘 어린 소년.

"나는 네가 점창의 별이 되기를 원한다."

사부와의 약속을 지키고
난세로 빠져드는 천하를 구하기 위해
작은 손이 검을 들었다!

박선우 新무협 판타지 소설 FANTASTIC ORIENTAL HE

풍운사일